中国政府出版品国际营销平台精选图书·文学书系　　王昕朋 主编

时光雕刻

Time Sculpture

诗篱 著

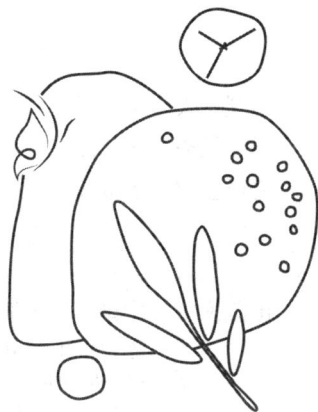

中国言实出版社

图书在版编目（CIP）数据

时光雕刻 / 诗篱著 . -- 北京：中国言实出版社，
2021.8
（中国政府出版品国际营销平台精选图书·文学书系 /
王昕朋主编）
ISBN 978-7-5171-3832-7

Ⅰ . ①时… Ⅱ . ①诗… Ⅲ . ①中篇小说—小说集—中
国—当代②短篇小说—小说集—中国—当代 Ⅳ . ① I247.7

中国版本图书馆 CIP 数据核字（2021）第 163109 号

出 版 人　王昕朋
责任编辑　张　丽
责任校对　王战星

出版发行　中国言实出版社
　　　　　地　　址：北京市朝阳区北苑路 180 号加利大厦 5 号楼 105 室
　　　　　邮　　编：100101
　　　　　编辑部：北京市海淀区花园路 6 号院 B 座 6 层
　　　　　邮　　编：100088
　　　　　电　　话：64924853（总编室）　64924716（发行部）
　　　　　网　　址：www.zgyscbs.cn
　　　　　E-mail：zgyscbs@263.net

经　　销　新华书店
印　　刷　北京温林源印刷有限公司
版　　次　2021 年 9 月第 1 版　　2021 年 9 月第 1 次印刷
规　　格　880 毫米 ×1230 毫米　1/32　6.5 印张
字　　数　138 千字
定　　价　58.00 元　　ISBN 978-7-5171-3832-7

有风骨讲美学接通全球

——"中国政府出版品国际营销平台精选图书·文学书系"总序

王昕朋

中国言实出版社是国务院研究室主管主办的国家级出版单位，出版定位是：主要出版党和国家重大政策的研究成果以及相关的辅导读物。1995 年成立以来，我们一直坚持这一出版定位，围绕党和国家中心工作开展出版活动，因而，国内外读者很少见到由中国言实出版社出版的文学类图书。但是，近几年文学界对中国言实出版社已不陌生。这源于出版理念的一次变革。习近平总书记在文艺工作座谈会上的重要讲话指出："一部小说，一篇散文，一首诗，一幅画，一张照片，一部电影，一部电视剧，一曲音乐，都能给外国人了解中国提供一个独特的视角，都能以各自的魅力去吸引人、感染人、打动人。"这给了我们启示、启迪，文学也是讲好中国故事、传播中国好声音的重要途径。所以，我们也用心、用功、用力打造文学板块，并将它推向世界。2018 年 8 月，由中国言实出版社出版的李春雷报告文学作品《朋友——习近平与贾大山交往纪事》获第七届鲁迅文学奖，同时入选"丝路书香"出版工程在国外出版，于是文学界发现，中国言实出版社在文学出版领域同样有不俗的表现。中国言实出版社的文学图书品种少而精，中国文学的声音在通过中国言实出版社持续传播到海外，承载着文化和文学信息的《温文尔雅》翻译成英文、日文、俄文、德文、法文、意大利文、西班牙文、葡萄牙文、阿拉伯文等多种语言向全球推介，英文版、中文繁体版荣获第十三届"输出版引进版优秀图书"奖，长篇小说《京西胭脂铺》一举登榜"中国图书世界馆藏影响力图书 20 强"。付秀莹、金仁顺、乔叶、魏微、滕肖澜、叶弥、戴来、阿袁等 8 位"当代中国最具实力女作家"的作品集同时推出，之所以在名称中冠以"中国"二字，是出于对外推介的考量，其中付秀莹、魏微、戴来等人的小说集后来入选"经典中国"项目在美国出版，产生良好反响。

近年来，中国言实出版社加快国际出版步伐，与英、美、日等多家国外出版单位建立战略合作关系，近百名当代中青年作家的作品陆续推介到美国纽约、日本东京、德国法兰克福等多个国际书展，被多个国家的图书馆收藏，图书受到国外图书界关注，连续 6 年入选中国图书世界馆藏影响力百强出版单位。2015 年经财政部批准立项，中国言实出版社建设并主办中国政府出版品国际营销平台，为推动"文化走出去"提供支持。2020年，有感于体量庞大的中国当代文学无法快捷地被全球关注所带来的传播学遗憾，有感于年度文学选本出版周期较长，有感于众多具有潜力、实力、影响力的青年作家的作品没有很好的对外传播渠道，中国言实出版社整合资源，决定专门为中国政府出版品国际营销平台的文学板块打造出一种比年度选本出版周期短、对当代文学创作反应更为灵敏的季度文学选本。《中国当代文学选本》应运而生，书名由王蒙题写，选稿编委梁鸿鹰、李少君、王干、付秀莹、古耜皆为业内名家行家，所选作品为国内新近发表的文质兼美的力作。作为一种有公信力的季度文学选本，《中国当代文学选本》因"让国外读者快捷阅读当代中国文学精品"的窗口作用，以及"为中国作家走向世界铺筑交流合作桥梁"的桥梁作用，受到作家、汉学家、国内外读者一致好评。《中国当代文学选本》传播中国声音，讲述中国故事，产生良好社会效益。有鉴于此，中国言实出版社决定打造这套"中国政府出版品国际营销平台精选图书·文学书系"。

出版社并不承担培养作家的使命，但是这套"中国政府出版品国际营销平台精选图书·文学书系"的入选作品多是出自青年作家之手，原因在于，我们始终关注着中国当代文学最具活力与实力的鲜活部分，求取风骨与审美的统一，始终在精心遴选极具当代性的中国文学好声音，始终把推动中国当代文学与全球接通作为出版人的责任，这套"中国政府出版品国际营销平台精选图书·文学书系"的入选作家和作品便是如此。有风骨、讲美学，是选取这套丛书的思考维度。"有风骨"是要对民族精神有所反映，要为人民而文学，要关怀民生，帮助读者把无病呻吟、凌空蹈虚的作品以独特筛选眼光来淘汰掉；而"讲美学"是指中国言实出版社遴选书稿时看重作品的文本质量，内容和形式互为表里，是为美。美为作品飞向全世界插上翅膀，中国言实出版社人始终认为，美是全人类可通融的共同语言，有风骨、讲美学才能接通全球，成为文学精品。这些优秀作品里，都跳动着时代的脉搏，展现着当代中国日新月异的面貌，蕴含着深厚的文化自信。出版是文学生产的终端，对于中国言实出版社而言是文学传播的开始。中国言实出版社将始终秉持"好作品主义"，重视名家不薄新人，盘点、整合中国文学资源，积极开展对外译介和推广工作，自觉地将有风骨、讲美学的文学精品作为永不改变的出版追求。

2020 年 12 月

目 录
CONTENTS

时光雕刻

一

俄觉山脚下原来是个小镇。五年前的夏天清五来时，住在小镇蝶飞宾馆三楼三〇三房间，吃正宗俄觉小镇的特色菜，喝冷冽的清泉酒，一口烈一口寒。

那一年清五正待补正职位置，从县委秘书跳到副局长做了七八年，难得这一次正职空缺没有什么大的敌手能与他平分秋色。领导已经找他谈过话，如果没有意外，也就剩一次仪式的流程。

但意外总是有的。那几天流程的日期也已经定下来，只等下一次常委会宣布。领导忽然透露他一个消息：情况有变，出现一个叫汪达飞的人。而那时候，他刚答应一个三天的行程——带儿子去大山里写生。这是他很早应允儿子的，考上一中这就是礼物——儿子成绩下来了，安州一中。

清五跟儿子商量：要不……延后些日子？

儿子没说话。清五想，也许黄晓媛可以陪，她这几年和清五确立关系后，挂职一个企业的副总，基本没什么事。但他没让她陪同——黄晓媛比清五小十岁，儿子是个初中生，他们都很年轻，这两种年轻碰到一起，难免会磕掉彼此一些瓷片，留下遗憾。何况，儿子也不会同意，像天下大部分继子继母的关系一样，他们之间，清清冷冷。清五便打电话给前妻。但前妻说，正在孕期。

其实儿子可能早已经准备好了。他知道的时候，儿子已经收拾了行李，跟几个同学在路上了。儿子发了条短信给他：去俄觉山了，勿念！

俄觉山离家将近一千里。清五想，儿子怎么走这么远的地方，离安州一百里外，就有山的。后来他到俄觉山山顶，发现那儿终年蓊蓊郁郁，没有冬秋，确实是个写生的好地方。

听说儿子是为了摘一朵白色的花。清五跟那里负责接待死者家属的工作人员爬上山顶，那个简易的护栏边。

他就是够那朵花掉下去的。

清五看那朵花，只剩下一个灰色枯萎的蒿草团。

您的孩子和同学他们没有跟团，是散客，可能找不到负责的人；我们这里都立了牌子，提醒游客不要到这里，虽然这里风光很美，但实在很危险，我们也不敢上来呢……

清五下山，跟工作人员来到儿子的住处。蝶飞宾馆三楼三〇三室。床上的衣物用品像主人刚刚出门那样，凌乱地随手放在那里；枕头一边有个啃过一口的苹果。清五拿起苹果，放在嘴里啃了一口，又啃了一口，慢慢吃完。

你们都回吧。清五对另外几个喋在一边的孩子和家长说。

儿子没有尸体。俄觉山风景胜地，很多地方保持自然斧钺，除了几条官方开凿的羊肠小道，就是许多山民上山采果时凿的简易道。儿子下坠的地方是很深的幽谷，太深，除了植物，连飞鸟也去得艰难。俄觉山消防队多次冒险用绳索攀崖进入深谷，地毯式搜寻，一无所获。

野兽是没有的，多年来都没有发现，但是谁知道呢……那里太深了，滚一块石头下去也好久才听到声响呢。一个姓谢的眉头蹙成川字的工作人员叹息。

清五脑海里都是儿子在冰冷的谷底某处等着救援的画面。

那么，消防队，再等几天。

……先生，对您儿子的意外我们很难过，但已经第十天了，如果要求赔偿……其实也看不到具体的尸体，只是失踪，针对失踪这一点，景区可以……

他有没有欠费？

您说什么？

他有没有欠入住宾馆的费用？

哦哦，这里都是先交押金的，您可以去吧台查一查，可能还有剩余的，他们才住两天。

清五去吧台，拿儿子这两天的食单。

他喝酒了吗？

是的先生！脸上生了雀斑的女孩警惕地看着清五，但所有来俄觉山的人都要喝的，是我们这里产的清泉酒，冷冽解暑，度数很低，不会因为酒出问题的，这里的小孩子和老人都爱喝的……

我是说，给我来两瓶吧，还有这几样菜。

又一个星期后，清五收拾了行李回安州。儿子只有一个小箱子，轻飘飘的，像空的。

二

五年后，俄觉小镇已经变成了一座城。这期间的每年，清五都来。在儿子离开的那几个日子，来住几天，住三楼三〇三室，吃特色菜喝清泉酒，然后爬山，累到自己倒下就睡着的程度，不忘每晚拿个苹果咬一口，放在枕边，第二天早上起来一口一口吃完。

三〇三的布置和宾馆外面的装备一样换了新的，但蝶飞宾馆每年来帮他接行李的还是那个雀斑女孩。她帮清五把行李送到房间。

先生，您这次来是常住吗？这么多行李……

是啊，你知道这里有简便靠山的房子出租吗？

有的，您要是愿意，我帮您看看……

清五点头，然后在窗前坐下。窗外的小镇变大了，但山还是那样，和每年这窗子里看见的一样。

而世事却不能如山。

比如清五的爱好，雕刻。小时候就是。一开始捏泥巴，后来泥巴落后了，石头和乡下很多朽木根都给他做了材料。那时父亲还很宠他、随他，给他买各式刻刀、凿、锤、刨。但长大后清五彻底丢了刻刀，埋头仕途，也因为父亲。父亲是个"三朝"元老，跟乡里的三任乡长做会计兼谋事，最后却被一桩早年财务款项的去向陷害了，替第一任乡长顶了罪。父亲坐了八年牢，出来后，家徒四壁，清五和儿子现在的年龄相仿，刚初中毕业。父亲喘着气将家里所有清五的作品都摔了个稀巴烂，要清五放弃美术中专：

"烂石、破木头有什么用？上高中，继续上，老子吃糠咽菜供着你，读大学，将来做大官，给老子出头……"

清五暗暗抗争，躺在床上不吃饭只睡觉。但父亲在狱内煎熬成废墟一样的身体制止了他。他便弃了中专，去上高中，吃咸菜就馒头考了一所不错的大学。回到安州进了政府机关做了个办事员。之后遇见赏识他的副县长，将他调到身边做了秘书。再之后，结婚、生子，日子安静又充满等待。只有雕刻的喜好，如一只遗落的香囊，被野草般的忙碌掩埋了。

从政的生涯，也充满变数。因为弥漫着婚姻和情感的意外。

那时清五从办事员被领导相中，做了秘书。领导介绍给他一个漂亮文静的教师，眉眼清秀，像一池清水，春碧秋澄。然后他结了婚有了儿子。但从儿子来之后，婚姻出现了分水岭，前妻变了，那池清水氤出迷雾，云飞雾绕让清五迷茫。之后又是一个急转——领导调进市里，前妻紧跟着也调进了市中。但还好，这个急转并不全是而下，新来的县长第一次看见清五就看中他的那份沉默稳重，没有嫌弃他是上任的朝臣，而将他这个遗孤式的秘书重新要过去带在身边。儿子九岁时，县长离开，很仁义地出力将他放到一级机关的副局位置。就在这前夜，清五将妻子变成了前妻。前妻像她从前的眉眼一样平静地接受了。便很顺畅地离了——妻子不要孩子净身出户，没告诉家里任何人——父亲已经带着荒凉与不甘的眼神，离世；当年那个让父亲替罪的乡长也早已经下世，没等到清五做上大官替父亲出头；而除了父亲，三个姐姐多年前已经有了各自家庭，有的都做了奶奶，而母亲，父亲走后的第二年便驾鹤西去。

　　之后，副局长的清五便认识了他办差时常碰面的宾馆领班，颇懂男人心思的黄晓媛，并且，开始交往。

三

　　在一条很窄吧的巷子里，清五租下了一座小院子。是雀斑女孩叔叔家的。租金也不算便宜，一年八千。

　　抬头就可以望见山啊，许多像您这样大城市里的有钱人都来这里呢，房子抢手，这里空气好，有山泉，我们俄觉山啊，要什么都有的，还都环保，可以延年益寿……

女孩叔叔很贫。清五付了钱，便关上院子。这里是他的家了，他想，但他对这里，怎么还是那么心怀敌意呢？

他站在院子里，望着远处的俄觉山，五年了，他竟然从来都没梦见过他。

那个正职的位置，最后还是擦肩而过。而清五，却意外顶了一个二级局的正职，前任，是因为突发脑出血，抢救过来却半身不遂，为他挪了个位置。那个叫汪达飞的，清五后来查过他的履历，和父亲替罪的乡长是没有任何关系的，似乎是从市里空降来的。

官场明升暗降的手法很多。最好的就是如雕刻那样，按雕者需要，先找出被选材料最大的无法回避的缺憾，以此生发罗织改造，最终造出一件连缺憾也十分完美的雕塑出来。但新办公室里的清五不再像从前那样兢兢业业，他常常走神：冰冷的崖下，儿子离开的那个时刻，该是多么无助啊！但儿子是失踪了呀！儿子也许是去哪儿了呢？但这么久，如果活着，该回来了吧！他想，还是不要再欺骗自己吧，儿子已经不在了，这样在心里也可以为儿子完成一种仪式，也让他去得安心了。只是，这是不是意外呢……那个脑出血的前任，那个瞬间，也应该是悲凉的吧！希望他也只是个意外，就像儿子的死一样。

但清五确实不再计较职位的虚实关系了，他厌恶一切事务，沉浸在回忆里。儿子是个很有大人气的儿子，懂事，有着成人的执拗，成绩很好，极爱绘画。这就像自己，雕刻与绘画本来就是一个行当。小时候自己也是喜欢绘画的，每次雕刻前先要画个素样。但自己为什么就那么反对儿子绘画呢？在儿子面前，他就像当年父亲对自己说话的腔调：

"第一是学习，知识！那些都是闲时的消遣！画得再好也是没有用的！"

但自己并没有像父亲那样的遭遇呀。不过儿子毕竟是听从他了，只是因此和他疏远了，我做什么什么去了，勿念！这样的表达也是常常见了，不和他商量，而且每次他若打电话过去，立即关机状态。

五年了。五年来，儿子房间的每一件物品，都像那天他离开的时候，原样摆放，包括出门时，儿子脱在门口的那双阿凡达球鞋；阳台上，将儿子常穿的衣服也洗了，挂起来，仿佛昨天儿子刚脱下来换洗；然后，每晚，都在儿子房间隔壁的书房睡，那样他可以听得清楚些——从儿子房间传来的每一个声响，都会是带着儿子的气息和体温的，哪怕是没关严实的窗子扑进来的一丝风，或者灰尘落下的声息，他想，这都会帮他，让他梦见儿子。

黄晓媛去了另一家企业挂了职，并且结婚了，只是不是和清五，而是和那个叫汪达飞的人。清五发现，自己当时竟然没有查出，汪达飞是单身。不过也许他查的那时候还没单身，现代社会里，一个人想结婚或者单身，都是分分钟的事，就像一个人的生和死，所以世上才会不断地一个接连着一个意外。但，谁和谁结婚又和他有什么关系呢。黄晓媛要结婚，没有汪达飞，还有别人。

　　已经五年了，前妻的第二个孩子已经六岁。在儿子最初离开的日子，前妻来找过他几次，似乎想安慰什么，他都拒绝。可笑！他想。在他心里，儿子是他一个人的。后来清五有一次看见前妻在广场上呆呆坐着，她的老母亲——他以前的岳母，在陪那个大头大眼睛的小男孩玩——另一个喊她岳母的人的孩子。是谁呢？她难道又离了吗？有一瞬间，清五心底划过一丝忧虑，但很快就丢开。和他没关系。他只静静仔细看，看那男孩。在他身上，清五没有找到儿子的影子——小男孩和儿子一样，完全没有他母亲的样子。他想，前妻也挺可怜，生多少孩子都一样，小男孩和儿子，都只借她的肚子来世上。但他又想，儿子像自己，但也可能，只是借自己的模样用了一下罢了。

　　他总是没有梦见儿子。所有家里的一切令他更深更深地烦躁厌恶和不安。他便想辞职。好歹这一年他已经五十岁了。

　　为什么不去那里呢？

　　有一天夜里，他这样对自己说。他找了人，办了最后一件开后门的事——病退。然后卖掉房子，打了包裹，将儿子的从前和现在的自己搬到了俄觉山。

四

　　第二个五年比第一个快了许多。清五院子的角落堆着许多乱石块。他已经雕刻了整整五年。石雕，木雕，根雕，房间里摆放了无数作品。重新拾起雕刻刀，清五最初觉得自己刻出来的东西，就像将一只青蛙雕刻成癞蛤蟆那样粗糙，自己看着，不觉笑出来。然而毕竟是喜欢，买书看，每天不停地刻，很快也掌握了许多雕刻技巧。并且长久连年地学习、钻研、雕刻，清五对雕刻的历史和意义也有了自己的理解：在雕刻伊始的西方，推动它发展的虽然是宗教，但西方人没拘泥于宗教，原因就是西方雕塑同时接受了希腊神话的洗礼，这使得西方雕塑有了艺术的魂魄——西方人从一开始就将雕塑归纳为艺术行列，他们的雕刻师都称为雕刻家，与画家音乐家同等待遇。而在中国，古代雕刻只为佛教壁画或皇家建筑等实用需要，并没有任何一种文化愿意为它作法引渡，所以一直以来和艺术无关，虽然后来，许多佛教壁画与辉煌建筑雕塑最终成了世界艺术，流芳百世，但那些诞生它们的人，都属底层，称石匠，形同木匠、铁匠、农人，仅为一口饭而为之。

远古文化渊源似乎深深透露着某种宿命。清五无限感伤。

但清五是有收获的，他渐渐触到了破译雕刻内心的密码——无论精雕细镂还是钝笔粗犷，雕塑的本质万变不离其宗，那就是线条，和儿子的绘画是一样的，每一根线条走向，都是雕刻者内心的曲线，意在笔先趣在法外，就像儿子，虽然和别人一样是个普世生命，但这根线条却是出于他的内心走向，宣泄着他的复杂的生命底色，所以儿子才那么喜欢绘画，只不过在告诉他，我是另一个你。清五发现这个秘密时，眼泪滴下。他抬头看大山，每一处似乎都有了儿子的气息，就像大山的草儿叶儿。儿子落在山里，大概也化成这山的线条了吧，这树这草叶这石头，都是……

街上有雕刻机，新款式电动无刷雕刻机，清五不用，他雕刻生涯里从来都没碰过电动雕刻工具，都用旧式手刻刀，除了各号刻刀、剁斧、石凿、石锤、石锉、弓把和一些必要的打磨砂轮砂纸等用具，全凭眼力和心力，就像远古的石刻师们，直接在石头上锻锤雕刻。有时候，他也抽空，去一些有名的雕刻工作室看一看，他有些搞不明白，现代雕刻究竟还属不属于艺术，从泥坯到石膏到石料，那些现代雕塑都诞生在操作车间里，电动雕刻机、打磨机、抛光机、点型仪、各式先进科技生产工具，几乎就是现代化工厂，现代化批量产品流水线，只要想到的，就可以通过现代科技快捷而完美地放到面前来，就像拍照片。他叹息，东西方雕塑起源时态度迥异，结果却如此的殊途同归——从严峻风格到理想风格再到愉快风格——从审美发展到取悦于人——从艺术发展到商品，没有魂魄，就像一个在官场里游走的人，除了没完没了洞察官场风向，没有心灵。清五想起小时候，一个当年的右派、后来留下做美术老师的老头看他那么酷爱雕刻，跟他说过一句话：如果你将来从事雕刻这一行，千万别用现代工具，那就是车床技术，弄出来的都是上街骗人的物件，会完全消耗掉你对艺术的直觉，是没有灵魂的。

那个人，他那么早就洞察了一切。他是不是个雕塑家？可惜，父亲坐了牢，乡下乱糟糟的一团。再没见过老右派。当然，后来自己连刻刀都忘记了。

儿子离开第十一年，清五托人选购大青石。是那个初来时带他上山的老谢。他是俄觉小城里清五唯一熟悉的人。清五每次上山，都会路过老谢的石屋，闲谈几句。一本书上说，人长期不说话，会失语。偶尔，老谢会请清五去酒肆里喝几瓶清泉酒，吃特色菜。清五也请老谢，但他和老谢只喝酒吃菜，从不交流过去。

老谢说，俄觉山青石多，环保，耐磨耐风化，硬度也好，最适合雕刻那种大的真人雕塑了，这山上有许多山民专门私采石头出来卖，就不要去远处的采石场，他们采好直接送过来，还能帮你先开个大荒（按雕塑大小简单地凿平整），需要搬搬挪挪的也尽管招呼他们。清五说好，在哪里买都是买，只是石头的要求不能太低，不能有裂缝，杂纹不能太多。老谢说不难，他要好的一个山民专门以采石为生，只要价钱好，质量一定好。

俄觉山青石比其他地方颜色更深点，摸在手里还带着点青田石的腻滑。不过价格挺高，本来不算太贵，但清五要求高，结果，厚度超过两尺、高度一米五至两米内的，一块至少两千。清五需要的量原本不大，十五块青石。但结果第一个雕塑，就耗费了四五块青石。在这之前，他用石膏与黏土打成坯试雕了很久，也分块试刻人体，最终还是不能完全依赖，石膏泥坯太软，分块无法提高整体结构把握度，最终只能用成品石料试刻。算起来，第一个雕塑石料就将近一万块钱。钱，早已不是清五关心的事，但他发现，一个人活着，怎么也不能完全离开钱的，那套房子和微薄的积蓄，这些年已经耗费了不少；退休金是有的，除了吃饭付房租，还要买各种材料，包括刻刀。他总是喜欢那种硬度上层的钨钢质地的刻刀，坚硬，顺手，除了钻石，能驾驭所有石头的硬度。

老谢说：

"你那些雕塑可以拿到市场卖的，很值钱的，我们景区很多雕刻的玩意儿卖得很好……他们都是批量机器生产的，你的要比那些强好多……我知道你不想和人打交道，我帮你去找人卖……"

没多久，老谢真的送来一笔可观的钱。

"真没想到啊！真好卖！哎呀，你以后就刻这些零碎的玩意儿吧……"

清五看着钱，他不知道这些钱够不够买石头。

很够了呀，一大笔呢，可以买好多……

那就全拿去卖了吧，供给我青石就行。

清五只要石头，他要雕刻的人像，都是儿子，从十五岁开始，一直到三十岁。

儿子的模样，在心里熟悉得不能再熟悉。但雕刻起来，却不是那么回事。原来越是爱到极致，越是模糊，清五发现，自己拿起刻刀的时候，甚至忘记儿子怎么笑了。他便将儿子的影集一本本找出来，将他所有照片挂满整个房间，并且开始素描，他发现笔尖是刻刀的触须，一个雕刻师要想掌握雕刻的细节，必须从素描的细节开始，从各个角度、明暗、浓淡、风动力度去揣度。

有一天，清五闭上眼睛，忽然看见儿子上耳郭那个细小弯隆处的不易觉察的骨节，看见儿子瞳仁里，一束不断移动的光点滑动时的弧度……

终于，十五岁的儿子出来了。儿子的样子完全是儿子：清澈倔强的眼神；背着画夹，回头朝他打个响指，在说：去俄觉山了，勿念！

清五扔下刻刀，抱着哭了整整一宿，像儿子只是一次失踪，又回来了似的。

五

十六岁的儿子，是高中生，依旧背着画夹，一直到十八岁。清五觉得，到十九岁的时候，儿子应该在美院学习，做个真正的画家。清五刻刀下的儿子开始有了长衫肥裤，清秀挺拔飘逸，青春艺术家应该都这样吧。直到二十岁时，他忽然想起来，儿子长大了，应该变化了，他的发型应该什么样呢？他的身板是不是像他母亲，高高的？儿子有没有长出胡须？儿子嘴角那颗痣怎样了呢？还有，他的眼神呢？

对，应该像自己。

清五翻出自己年轻时的照片，看体型，看发型，又眯起眼睛对着镜子，回想自己的胡须在镜子里怎样从毛茸茸变成钢针，又生刮刮地去掉，只留下暴突青黑的胡茬毛管。但他忽然有些怔愣，镜子里的人，已皱纹累累，白发过半，最重要的是那眼神，这样苍老而忧伤，怎么能给予年轻的儿子……

二十五岁的儿子站在风里，衣袂飘飘拿着油画笔画一幅大山时，前妻来了。

"你这里，好难找啊，蝶飞宾馆的人认识你……都说俄觉山风景好，我带他来看看……"

前妻说着，推了推身边的大眼睛男孩。已经比当年的儿子还大一岁。比不上儿子帅气，却高高的，似他母亲的个子。像女孩子般秀气腼腆地低头卷着衣角，喊了一声伯伯。

清五把已经有了白发的前妻和腼腆的男孩让进院子，进了客厅，端茶上来。其实整个院子和房间，都没有什么可容脚的地方，到处都是石头、雕像和工具。前妻喝茶，站起来四处看，忽然认出了儿子，捂着胸口倒退几步，怔愣地盯着细看，然后跌坐在地上失声痛哭。

男孩吓得厉害，上前扶他母亲。

可是，怎么都，像你！前妻痛楚的目光看着清五，谁没有恨？但你恨起来，怎么能如此的长久和决绝，难道在儿子的身上，就没有半点我的影子？你们从来就没有我吗？……

前妻没喝完茶就走了。在院门口，她转身：

"清五，儿子不应该这么像你，他应该……眉眼儿淡些，我在梦里看见他，都是眉眼儿淡淡的……"

你梦见过他？清五愣怔。

"当然，难道你没有？"

"我也梦见哥哥了！"

高个大眼睛腼腆的男孩忽然轻声说。

清五呆住。好一会儿，摆摆手，准备关院门。

前妻伸手推住门：

"清五，过去的事都忘了吧，你不能把对儿子的爱都用来承载你对人生的怨恨，这不公平，你这是借口……"

清五将前妻的话关在了院外。

很久很久，清五将儿子们移到一起，组合成一个圈，瘫坐在儿子们的面前。儿子们环抱着他，各种姿势。他放声大哭，为什么，为什么人人都能梦见儿子，偏偏他梦不见！哥哥！他哭喊道，那孩子，他都没见过你！我梦不见你！难道是我没有资格吗？我对你，是借口吗？

儿子二十九岁那一天，跟清五采石的那个山民出了事，一个跟他一起采石的年轻后生掉下了悬崖。家属要求赔偿三十万。清五拔腿就要跟老谢前去。老谢摆摆手，别去。

"我有责任的……"

"没有。你有什么责任呢？一个买一个卖，都是自愿的。要说责任，是他们自己的，谁让他们爱钱呢？要钱就要越险，就要付出代价。一个山民，生在大山，死在大山，那是他的福气，俄觉山山民都知道，山养人，也埋人……"

房东来收房租的时候，清五才知道，那个死去的年轻人，原来是雀斑女孩的丈夫，孩子才四五岁。

儿子停在了二十九岁。

三十岁，本来清五打算要将儿子雕刻到三十岁，那是他当年生儿子的年纪。然而现在他想，然后呢？心里的儿子，他还会娶妻，生子，然后老去，然后儿子的儿子还会再长大，成人，娶妻、生子，再老去……无穷无尽，他就这样雕刻下去？

六

那个年轻人死后不久，来了一个人，说是庄周艺术学院的专家。来聘请清五去那里做教授，如果他愿意，就为清五准备一个大型工作室，薪酬优渥，他可以做他爱做的一切。来人很激动，说他是偶然看到清五在市场上卖的那些作品的，一直收集寻找。

自中世纪以来的作品，我再也没见过哪里有过这样纯粹的艺术雕刻了……

清五拒绝了。

后来，又有个人来。他说他是个商人，爱好雕塑的商人，他不需要清五做任何改变，只要将他的作品全部卖给他就可以。特别是那组儿子的雕塑。价格，他打算出一百万。

"那是我儿子。"清五说。

"所以才如此昂贵啊，如果不行，我们可以再谈。"

清五看着来人：

"可是您知道吗，那不是雕塑，是一对父子在人间的行走，一文不值，或者，无价……"

……

　　俄觉山好几处通向山顶的羊肠道，每天都有成千上万人通过这些山道往山上去。险要又充满灵气的山，总是会有类似儿子的悲剧发生。清五找到老谢：

　　"我想将我儿子搬到山脚下。"

　　他有些羞赧。他本打算告诉老谢，可以将他和儿子的故事挂在山脚，让大家上山的时候，要注意危险，不要贪图美景忘记脚下。

　　但老谢已经激动得弄散了自己那头川字形的皱纹，呆在那里，半晌说：

　　"多少钱？"

　　"不要钱。"

　　"可是，如果不要钱，景区可能会……怕你反悔……"

　　老谢依旧呆呆地看着清五。

　　"如果非要这样，那签个合同吧，景区可以拿三十万出来，替你那个朋友山民赔给坠崖的小伙子的家人。"

……

　　儿子去俄觉山下五个月后，清五收拾了一个简单的行李箱，跟老谢辞别。

　　"我要回家乡看看。"

　　"不回来了？"老谢的白发在夏日阳光穿过树叶的碎影下忧伤地摆动。

"怎么会，我儿子在这里，那小子会想我的！"

"啊……很高兴听您说这样的话，十六年了吧……老谢使劲抹抹眼。"

是啊，不过，他拍拍老谢的肩膀，轻快地甩动一下白发，或许，还能再发生一段美丽的爱情故事……

清五往车站而去，他真想告诉老谢，好几天前，他梦见儿子了，儿子在跟他笑，说爸爸，你来了……他转头朝远处的儿子看过去，葱茏的俄觉山下，十四个儿子成为一道绝妙的风景，像一场天堂散落在人间的传说。他挠挠白发，忽然想到：

也许，这一切都是儿子的一个梦，自己一直走在儿子的梦里呢。

身　份

广　场

　　他在惠通路的路边卖炒饭。惠通路中段紧邻着花桥市场。一到下午三四点钟，花桥市场便搭建起清一色简易的蓝白灰紫几种配色的迷彩布棚，开设各种各样的大排档。他不做排档，他和一些卖鸭脖、烤鱿鱼、炸鸡排的小二们围在大排档的外围放摊子，面对惠通路一字排开，没有桌椅板凳，客人来买了就走。走了再炒下一份。

　　下午四点半左右，客人还不多。他卖出第一份饭后，手机忽然响了。他看了一下手机，目光穿过漫天飞舞的明黄色银杏树叶，落在南来北往的行人车辆上。他按下接听，和电话里的人说话。说着说着，他就发起火来。他火气越来越大，简直一脑门的火气，大声地对电话里的人放连珠炮。但他忽然息声了，他嘴里将要迸出的更多的愤怒似乎忽然撞到了一种奇怪的力量，一下子被吞噬了，脸上愤怒的表情犹如被什么人冲过来猝不及防地狠拍了一掌，全僵扁在脸上。然后慢慢变成一种越瞪越大的恐惧。与他同步的，是他眼神戳住的对面的惠通路上，刹车声、惊呼声、奔跑声、按铃声连成一片。旁边几个小二与花桥市场和惠通路几乎所有的脚步，都已经往他眼神戳住的地方汇聚而去，很快将他的目光顶出了原点，将那里围个水泄不通。

他垂手捏着兀自在哇里哇啦的手机，老半天，从僵硬的嘴巴里掉出几个字："我的天啊！"

几股新鲜的血液像几只巨大的蜘蛛脚，慢慢从原点往外延爬，朝着花桥市场、他摊子的方向，爬进人群，把那些水泄不通的脚一下子逼开，一直逼退到它停止的地方。直对他的炒饭摊的方向便开了一道恰好可以看到原点的口子。

那是一个女子，很年轻，穿着很有气质的蟹壳青的呢子大衣，宝蓝色丝帛围巾，一头一眼就能看出很柔软的黑发自然地束在脑后，成一个好看的马尾巴。她的皮肤白净，鼻子小巧，嘴巴不算大，眼睛很好看——并不是双眼皮，也不是长睫毛，是因为过于静谧、安详而显得十分的动人，并且，他记得她的额头也十分的光洁。但这一切，都在他的记忆里，现在，像梦游一样不知自己什么时候飘过来的他，呆呆地看原点的时候，记忆里的样子都不见了——现在的原点，那个斜躺在地上的女子，除了身体完好无损，除了一个略显宽了些的下巴和下巴上的那颗痣依旧可以看出原样，整个脸部，都被车轮碾得分不出哪里和哪里了。他看那只修长但有些粗糙的右手，那只手上的炒饭呢？大约十来分钟前，她在他的摊子前买了今天他卖出的第一份炒饭的。"给一碗炒饭！"他记得她当时这样说。他奇怪地冥想起来，他似乎一直看着她拎着炒饭离开他的摊子的，他一直看着她消瘦的双肩在银杏叶子明黄的凋零里往惠通路上走的，这么短的时间，那盒炒饭怎么就不见了呢？这期间，他就关了炉火，然后低头看了看手机，再然后接了儿子的电话，儿子说他又挂科了，他不懂什么挂科，但他知道，这就得再耗一年，儿子还是不能毕业。去年已经耗掉了一年，他今年好不容易又请客送礼托一个熟人，为儿子找到一个职位，就等儿子一张毕业文凭。从前儿子还蛮听话，大学也考得不错，可不知道为什么考上大学的儿子现在变成了总给他的钱包找麻烦的坏儿子。他气急败坏地发火，然后还没有发完，他的火气就被掐断了，他看见蟹壳青呢子大衣的下摆猛地一摆动，就看见她那高挑的身子已经仰面躺在路上，那条乌黑柔软的马尾巴和路过的一辆货车的车轮紧紧相偎。

大货车司机像从梦中醒来一样，跳下车，慢慢从自动分开的人群间隙里踱到她的脚下，站在那里呆看。是个三十来岁的平顶小伙子，外地的，他已经被突如其来的灾难吓得魂不附体——货车不允许从城里过，这条路虽然不允许，但是管得很松懈，他也许因为着急赶路，想伺机从这个城市的惠通路超一下，省却外围大约十来里路程，他以前也许走过，知道下午三四点后，这条路一般没有交警值班。但现在，他居然撞了人。他面如土色，两只眼像浇灭的火炭般愣愣地看着倒在地上的她，或者，看他面前说话的各种嘴巴。

救护车和警察来了。救护，照相，问话，寻找手机、身份证和相关物品。什么都没有。警察问司机话，他一句话也说不出，只盯着警察看，不断地咽一下喉咙，将他瘦削脖子上的喉结像自行车车拐一样，隔几秒就上下打个翻。

医生出示鉴定结果：全身无一处伤痕，头部被货车轮碾过，头骨碎裂，已经当场死亡。

殡仪馆的车来了。警察和医生都在各自收拾现场。人群里有人喊了一声：好像是自杀的。货车司机死灰一样的眼神动了一下，像一阵风吹动草叶。

他听见自己喊了一声："怎么可能？你见过自杀前还买炒饭的吗？"一个戴眼镜的警察抬头往人群里扫一眼，然后盯着他，问："你是目击者？"他低头，转身朝炒饭摊位走去。

警察逡巡人群："有目击者没有？"人群里，没有人再回应。

山　里

太阳从东山边冒出了红光，她已经忙好一家人的早饭。大儿子天没亮就去山里翻地了。深秋了，他们家还有一大片空地没有犁好，山里人的收成靠天，得赶在冬月前，把麦子种下去。不然明年的收成更不保准了。她边打开羊圈，边喊二儿子，让他快点把碗里的糊糊吃掉，把羊群赶进山里去放。阴历十月的山已经没有多少绿色，羊们得赶紧将秋露下仅剩的那点绿色给抢进胃里。不然再过个把月，都要被冬天收尽了。

她喊丈夫，将仓里的玉米弄出来。前几天天气不好，都把玉米收进了仓里，今天一大早，看东山那边的红光很有劲，她催促他赶紧把没晒干的玉米铺开来晒。这是一家人小半年的口粮呢。

大儿子拉着驮了耕犁的牛回来吃早饭的时候，二儿子拿了两块玉米拌白面的烙饼，边啃边赶着牛羊往山里去。她和丈夫已经铺开一院子黄黄的玉米棒子，像一院子黄灿灿的希望。丈夫和儿子已经坐上炕。她拍拍身上的灰进屋，端出一盆灰灰的面糊糊，一碗咸菜疙瘩，一小盆小儿子手里拿的那种玉米拌白面的烙饼，在炕头的矮几上铺开。然后将一条腿翘上炕，边吃边有一句没一句地和丈夫与大儿子说话。

丈夫话不多，埋头将碗里的糊糊喝得叭叭响。大儿子原本是喜欢说话的，但是这半年来，也不太说话了，喜欢皱着眉头。一年前，媒人给他说了一家女子，已经见了面订了亲事，但因为一直没筹够下聘的礼金两万八，几个月后，女方回了亲事。大儿子从那时候起，变得喜欢皱眉头，不爱说话。这个秋天，还常常叽咕，说要和村里的同学出山打工去。她拢拢额头掉下来的一缕花白的头发，嚼着玉米白面饼，不时看一眼和她的生命紧紧相连的两个男人的脸。又不时下意识地往院外的路上张望一两下。有这样的饼吃，对于她的家来说，已经很不错了。那都是因为她的女儿，自从五年前，走出山外的女儿找了个好工作，每个月都会给家里寄上几百元。后来，有时候是一千。但最近，女儿忽然连续两三个月没有寄钱回来，也没有信和电话。她几乎每隔两天就托到镇里去的人打听，有没有女儿的电话或者汇款单。女儿去年跟她说，她要尽快攒够一笔钱，帮大弟娶上老婆的。只可惜，那个姑娘没等到女儿攒够两万八就着急地退了亲事。她伤心又恼恨，她只能将希望寄予山外的女儿。她没出过山，不知道山外是什么样子，但她知道，那一定是个和大山完全不一样的世界，只是，她不明白为什么很多出山的山里人回来都说，山外的钱男人不好挣，女人好挣。那个世界是个谜，是个她觉得和天上一样美和高攀不上的地方，也是个和山里不出粮食的荒地一样冷酷无情的世界。她不想让儿子出山，她拿不准儿子出山挣不挣到钱，再说，男人是这山地的主心骨，出山挣不到钱，再回来又误了庄稼，下面的日子，可就接不上了。这山里，就像她想象不出山外的富裕一样，想象不到地穷。但山里人也有自己的想法。她的想法就是，赶紧给大儿子娶门媳妇，都二十好几了。她想让自己和村子里差不多的女人一样，尽早地荣升为婆婆，再荣升为奶奶。

大儿子皱着眉头喝了几口糊糊，拿了一块饼出去了。丈夫喝了两碗糊糊，也咬着一块饼出去了。她一块饼没嚼完，糊糊还没吃多少，也没有食欲了。她忽然想起女儿上次回来的样子，清瘦，苍白。女儿这些年，真不容易，不知道现在过得好不好，那个未谋面的……她发了一小会儿愣，眼睛有些潮湿。

她起身收拾碗筷的时候，听见院子里有人来。她走进院子。院子里来了客人，是他们这里有名的媒婆，说又为他们家大儿子说了个姑娘，姑娘人很好，就是岁数大了些。礼金也不贵，一万八。外加一头牛。也不要什么定亲礼了。她赶紧把媒婆让进屋坐，请喝茶。她心里高兴，又不禁更加着急。这些年女儿倒是帮她已经攒了一万五六了，牛家里有现成的一头，这门亲事再加加劲就能说成了。可这个节骨眼上，女儿没消息没电话，也不汇款过来，真是急死人了。她赔笑着跟媒婆说，让她想法子拖些日子，女儿一有消息立马就能把礼金凑齐。她的脸像一棵春天发芽的老树，满是皱纹，却又在密布的皱纹里，生出一芽一芽嫩嫩的希望来。她一边和媒婆说话，一边不禁转过头，又朝院外那条通向远处的路上张望……

火　车

他眼睛里天生的忧郁夹杂着一点兴奋。眼睛很大，黑白分明，是他那种年龄的眼睛所特有的清澈、好奇和茫然的黑白分明。他背着自己的双肩书包，穿着厚厚的黑色羽绒服，他的戴着手套的两只手在身边一左一右老妇人和老先生的手里紧攥着。他们是他的爷爷和奶奶。他们都已经白发苍苍。他的脚被他们缓慢又急促的脚步带着，往远处的火车站走。他们老了，脚步迈不动，但他能感觉到他们心里很着急，正在努力地迈着无法更快的脚步。

他们三个人在一起生活，从他懂事时候就是。他们从来不出远门，他每天由奶奶照顾着，由爷爷一天三次用电瓶车送到学校的大门口，然后他进教室，和同学们上课。他是个一年级的学生了。他的功课说不上好坏，但他很努力地在学老师教给他的知识。其实，什么叫知识，为什么要学这些知识，他根本不太明白。他只是为了妈妈喜欢，妈妈每回来一次都嘱咐他，要好好学知识。

火车上真拥挤啊，像学校操场上那些雨前的蚁穴。他们好不容易找到了座位。爷爷坐对面，他依在奶奶的身边。爷爷身边，是个抱着婴孩的男子。那男子一边轻拍婴孩的小屁股，一边自己打瞌睡。他目不转睛地看着男子，他是这婴孩的爸爸吧。他想，自己有没有爸爸呢？真的，他都不能肯定自己是有爸爸还是没有爸爸。开家长会的时候，有很多同学是爸爸来的，也有很多是妈妈，他却永远不是爷爷就是奶奶。他知道自己是有妈妈的，妈妈在外地做生意，每隔一段日子就回来看他，给他买好吃的好穿的好玩的，陪他在他的小房间里睡几个晚上，抱着他亲，也让他抱着她亲。但他不确定是不是有爸爸。他从来没能从老师的教诲和爷爷奶奶妈妈的回答中得到一种肯定：一个人一定是有爸爸的。有时候，他在看电视的时候，电视里放动物世界，有个小角马，总是经常出现。他对那只小小的逃过鳄鱼嘴巴的小角马充满了兴趣和感情。每一次看到小角马逃过鳄鱼之吻后，他都在一种紧握拳头的紧张里露出汗津津的微笑，然后，看到小角马在空荡荡的草原上到处寻找妈妈的时候，他的眼睛里就盈满了泪水，一直到那只不顾危险又返身回来的母角马出现的时候，他才又微笑着赶紧擦去了泪花。他是个羞涩的孩子，无论因为小角马还是因为其他而流泪，他总是偷偷赶紧地把泪水擦去，不给任何人看见。他问过爷爷，也问过奶奶，怎么一次也没见过小角马的爸爸呢？它有爸爸吗？他们有时候不回答，有时候说，它有妈妈。

爷爷将买来的盒饭递给奶奶和他。奶奶推开，不说话也不吃。奶奶今天一句话也不讲，脸色苍白。他很想问她，他们不是去见妈妈吗？为什么她看起来却不高兴。他是很高兴的。他已经打定主意，这次见到妈妈，一定要问她，他到底有没有爸爸，如果有，他在哪里呢。"奶奶，你吃这个！"他将自己盒饭里的火腿递到奶奶的嘴边，"好吃呢！"奶奶摇摇头，冲他弯弯嘴角，闭上眼睛掉转头，似乎瞌睡了。他便低头吃自己的盒饭。长这么大，他还是第一次坐火车，第一次吃盒饭，他觉得饭很硬，很黑，但是似乎也很好吃。因为他心情很好。

窗外的风景唰唰掠过。他开始全神贯注地看风景。远处的风景很慢，不会在火车的速度里瞬间消失。他想，他是不是可以记住远处的那些风景，然后，想妈妈的时候，他就可以沿着这条风景一个人去找妈妈。或者，在梦中，他不是每天晚上都梦见妈妈吗？他可以在梦里沿着这条路一直往前走，一直走到妈妈所在的那个城市，偷偷看妈妈呀。他为这个新发现抿着嘴，笑了，仿佛他从此以后，可以每天和妈妈在一起了。

　　对面的婴孩哭了起来。男子托着一只奶瓶正喂他吃奶。但那婴孩似乎不想吃，特别反感地左右晃动光秃秃的小脑袋，将瓶子里的奶弄得到处都是。男子将奶瓶放到和他相隔的简易餐桌上，从口袋里掏出面纸帮婴孩擦，嘴里咿咿呀呀在说着什么，似乎在安慰婴孩。但那婴孩一点不领情，张着只有两颗小小牙齿的嘴巴哇啦哇啦哭个不停。男子把婴孩抱直，站起来回抖动，又将嘴巴对着婴孩的脖子吹气挠痒。婴孩不哭了，他似乎被他的爸爸挠得痒痒起来，愣了愣，龇开两颗小米粒般的牙笑起来。

　　简易餐桌上的奶瓶的奶味很浓，刺激着他的嗅觉。他一直看着他们，看见婴孩笑得露出牙床，他也不禁笑了起来。然后似乎被自己的笑声惊醒了，又转头看窗外远处的风景，白净的小脸上氤出两朵淡淡的粉潮。他吸了吸鼻子，忽然想起，如果他有爸爸，那么他很小的时候，爸爸也曾用奶瓶给他喂奶，然后用嘴巴亲他的脖子，朝他的脖子吹气，使他痒痒得笑起来吧。他又一次想起小角马。小角马逃生的本能到底是谁教他的呢？他记得他们班有一个很霸气的男孩子，经常和人打架。他打赢了，会站在课桌上，竖起胳膊说，他爸爸教他，男人要以拳头开路，谁挡在前头，就吃他的拳头。他很讨厌那个男生，他打过他。他想，小角马怎么却是以逃生开路呢？每一次它被鳄鱼挡住了去路，总依赖飞快的速度，才逃出鳄鱼的嘴巴的。他这一次，一定要问妈妈，他有没有爸爸，如果有，他要去问爸爸，到底做个男人是要用拳头开路，还是要用奔跑的速度开路。

火车开了一整夜。次日他醒来的时候，阳光已经亮得睁不开眼。爷爷说，到了，下车了。他跳起来，将爷爷递过来的双肩书包背上，伸手拉还坐在座位上奶奶的手。奶奶的手却像凉水一样没有温度。奶奶这是怎么了，马上就可以见到妈妈了，为什么她竟然不高兴得连下车的力气都没有了？他忽然想起，前天晚上他做作业的时候，奶奶正在看电视，忽然就惊叫了起来。他当时吓呆了，后来爷爷过来了，和奶奶走进房间，关起门，好久好久才出来。那天晚上，他们的脸看上去，像哭一样难看。

他们终于下了火车，他睁着好奇的眼睛，看着摩肩接踵的人流，朝着站口汇过去。他眼神虽然有点迷茫，但藏着悄悄的欢喜。这是个有妈妈的城市，也许一出这个站口，他就能看见妈妈了，她扎着马尾辫，穿着蟹壳青的呢子大衣，微笑着，朝他张开双臂……

"不去了！"

他忽然听见奶奶说。他愣愣地看奶奶，又满脸担忧地看爷爷。爷爷停顿着神情，过一会儿他转头对奶奶说："……到底是团团的妈妈，儿子畏罪自杀后，她每年都尽义务的……""但她到底不是我们家的人！"奶奶像和谁赌气般猛一转身，将他拉得掉转过来，"走，我们回家！"

他的手在他们一左一右的大手里紧攥着，往刚才来的路上走。他着急得快要流出眼泪，执拗地转过头，眼神像一根柔弱的春藤，往站口处努力延伸着……

咖啡厅

她喝了整整两杯咖啡。这所咖啡屋，三张小桌。样子很小巧，就像一只碗一双筷子那样要求简单地坐落在这个城市的一隅。她坐在靠门玻璃窗的那张。三张小桌都有客，每张小桌两个座。另两张都是两个人，相看而坐。或者是情侣，或者是朋友，或者是闺密。只有她的对座是空的。

对座空着，却似乎又不是空的。这感觉令她对这个城市有了莫名的气恼。或者，她是和自己气恼。这么久了，她这个人还脱不去一种愚蠢的热心。她想，她来这里唯一的结果是她和他又将进入新一轮的猜疑战。她在经受与她——自己的闺密之间那种明来暗去的较量之后，变得神经质了，总怀疑他们还在联系，这不是她的错——她和他认识了一年多，已经确定了恋爱关系，她偶尔一次将闺密带来和他认识，他们就勾搭上了。虽然后来，闺密告诉她，她和他断了，祝福她和他能和好如初，然后就离开了她和他的城市。但她后来明白，正是从闺密走的那一刻，她才彻底地输了，闺密总是比她高明，她前脚一走，他和她之间就变成一锅冷饭，怎么回锅加热，也再吃不出原来的滋味了。他忘不了她。

几个小时前，她按照在网上查出的那条信息，到达这个城市，并找到了公安部门。负责管理那事的两名警察带她去殡仪馆核实。她和他们一起，由殡仪馆服务人员领着走进停尸房。她一路拎着自己的心，不知道是怕这阴森的停尸房，还是怕看见闺密冰冷的尸体。他们从一间冷藏柜里拉出一张抽屉床，揭开上面霜气凝重的白布单，那张被稍稍整过的破碎不堪的脸显现了出来。五分之四已经无法辨认，除了那个柔软的马尾辫，那个略显宽了些的下巴和下巴上的那颗痣。是她，虽然尸体的脸上布着一层和白布单上一样的凝霜，她还是一眼就肯定她就是闺密。那件蟹壳青的呢子大衣还是她刚来打工的时候买的；那条蓝色丝帛围巾，她常常戴，她最喜欢宝蓝色。她扑上去，大哭了，她说，你怎么了，你怎么走了！警察在劝慰和阻挡她扑到尸体上，他们说，这下好了，终于有主了，好几个月了。还以为死者家属嫌这几个月在殡仪馆的管理费用太高，不想认领了呢。她听了心底一震，擦擦泪痕问，有人来认领过了。他们愣了愣看着她说，你现在不是来认领了吗。她怔在那里，忽然有些怀疑。她是偶尔在网上看到的。她反复观察那些照片，又找出闺密后来偶尔和她联系留下的单位号码，打过去，那个单位的人说，他们也在找闺密，她半年前就不到公司上班了，也不打招呼，她在公司的工作交接还没有办理，找不到她人。她当时不知道心里是什么滋味，想哭，似乎一下子原谅了闺密的种种。她想，无论如何闺密一场，她得去看看她，等她看到了，再设法通知她家里人。但她再一次查看那具蒸腾着微微的白色冷气的尸体，忽然觉得，那下巴和那颗痣似乎不太确定了。

她一下子竟然再也想不起来，闺密的下巴和痣是什么样的。她愣在那里，半天，忽然想起，以前闺密和她在一起洗澡的时候，她看到她右下腹有一条细细的小疤痕。

她掀开大衣一角，露出右下腹，虽然尸体冻得惨白，但她一眼首先看到了妊娠纹，女尸的腹部居然有很多妊娠纹，冷冻后像刮去鱼鳞的鱼皮打着鳞片般的霜褶……

对座上一屁股坐下一个男子，一脸讨嫌样。她起身买单，然后往大街上走去。她准备打的去车站，这个初春城市的道路下，似乎隐藏着无数小小的眼睛，在偷窥她的可笑，或者别的。她一刻也不想待在这个城市。她怕这个世界太小，说不准她们在这能遇上……赶紧走！赶上今晚五点钟的火车，明天早上，她可以一点不耽搁自己上班的时间。她真觉得自己很可笑，赶紧回去，他这一天一夜都没给她来个电话，他在做什么？

她在路边的一棵银杏树下等车。看见对面的市场有个很大的牌子——花桥市场。一个卖炒饭的摊子上的男人正娴熟地炒饭。她忽然想起，自己从昨晚到现在都没有吃饭。她朝炒饭的摊子走过去，"给一碗炒饭！"她说。卖炒饭的男子看着她愣了愣，装起一碗炒饭递给她。她丢下钱，拿起炒饭就往马路上走。正好有一辆出租车来。她坐上车，回头看刚才那个卖炒饭的男人，还在朝她的方向看。

她白了他一眼，对司机说："火车站……"

实验室

　　每次收到从黑市上买来的尸体，他总有一会儿心里是很难过的——这样的尸体一般都是无名尸，没有身份的。在没进实验室，打开那些制作人体标本的器具之前，他就是个五十几岁的平常的老男人，他是儿子、丈夫和父亲，很快，他还是爷爷。这次，院里买来一具年轻的女性尸体，听说是殡仪馆的，死于车祸，身上没有任何可以证明她身份的东西，也一直无人认领。已经一年多，耗费了殡仪馆不小的一笔开支。政府已经默认允许殡仪馆自行处理。其实，院里从黑市买来的尸体很多，并且每次从黑市买来的尸体都很年轻、便宜。在黑市上买卖，他们有挑选的权利。这种追思不能继续下去，继续下去会更加令他感到悲伤——那些中老年的尸体连拿出去卖都没有买家，或者就是有人愿意出价，也是盘剥削价一路落到贱白菜的份上。是的，科学需要绝对的冷静与理性，虽然他们院里这个以他为主要负责人的实验室几乎成了一个隐形营业性人体标本制作公司，这些年也为院里产生了大笔的收益，但是多年来，他浸泡在这个福尔马林气味熏天的冰凉的实验室里，并没能将自己完全从那点可怜的脆弱本性里跳脱出来。他依旧会时不时，将思维走神到与科学无关的生活、情感上去。因为他总是在某个一瞬间就清晰地看见每具尸体背后的身份和他们活着时可能拥有的情感——他们虽然没有身份，但绝对不是儿子、丈夫、父亲，就是女儿、妻子、母亲。

这真是一具年轻的尸体，已经过四个月福尔马林的浸泡，看起来栩栩如生，除了那个碎裂的头颅。他看着她，慢慢进入了实验的状态。他接过助手递过来的仪器，开始解剖，剔除尸体上容易腐烂的组织。塑化人体标本是个漫长、细致而艰辛的过程，需要先逐一检查尸体的特点，根据每具尸体的特点来进行固定、解剖、强行渗浸、脱水脱脂、定性和真空置换。其实检查尸体、灌注福尔马林等琐屑的事，他都可以交给助手们去做。但他不放心，每一具由他塑化的尸体他都从头到尾亲力亲为。这不仅是因为他对科学研究认真谨慎的态度，还因为，对这些死者的尊重。医科院向来紧缺人体标本。中国人，观念落后，实验室靠捐赠遗体的标本自然凤毛麟角。但不仅是中国，观念超前的国外也一样标本紧缺。谁知道呢，一个人死后，成为标本，或者成为一抔灰土，他还真没能用自己的三观将之间的高低区分开来。或许，根本没什么高低，只不过关乎情感，一个人假使对科学的情感超过了自我的情感，那么他也许就很愿意将自己制作成标本，供世人观摩、研究。

他想，他将来会不会愿意将自己捐赠呢？

也许会，也许不会。他这两年努力地将每具标本做到最好，也不仅是严谨的态度和对死者的尊重，他还有个最大的期望呢——再过几年，他就要退休了，他想在这期间，跨上他这样的人一生在科学领域的奖赏中能跨上的最高台阶——二级教授。他没有什么人脉，他全靠自己的鞠躬尽瘁，这些年他苦扒苦熬好容易熬上了三级教授，他想，还剩下的这几年，他也许能再努力一下，再爬一个台阶。像他这样功利的心，会将自己捐赠吗？他是个多重分裂的人呢。他一方面会在实验室外变成一个情感丰富的老头儿，一方面是个实验室内兢兢业业的研究员，还有一方面，他又是被这个社会的规则一点点处理出来的体制标本。是的，他到五十多岁的今天，发现竟然再没对自己的人生有别的期望了，只有这么一个。他这一生，都耗在了这样的实验室里，没有精力去享受别的，也没有多余的豪情去反对什么，他的性格早已与肉身一起在一种固定的栅栏内变得和那些被处理过的标本一样了，从一进来，就一直按照某个特定的模式去进化。

真可惜，他心里想，这么一具完美的年轻女性的尸体，头部却受到了重创。要不然，她将是只完美的女性标本。

"啊，老师！您看！"

助手忽然惊叫起来，"老师您看，她怀孕了，刚刚形成的胚胎，老师……"他没说话，他早已看见，并且心已经怦怦乱跳起来——每一具能为院里带来丰厚利润的标本基本都和他的目标挂钩。前不久，国外斯蓝福人体标本公司托人来他们院里打听，有没有初孕两三个月的年轻健康的人体标本，一个大型的人体展览馆需要，出价极其大方，每具大约两百万美金……

那天，他和助手们终于将那具尸体处理到最后一个程序。他放下器具，脱下工作服，准备出去。助手说："老师，您还没给这具标本编号呢。"他转身，看着那具年轻的标本，轻轻地说："888号。"

闺 密

一

　　唐小角是有准备的，看见马浛浛拉着拉杆箱飘然出现，她的情绪还是像挨了一闷棒似的，顿然矮了下来。

　　层云渐薄，北方寸土寸冰的严寒水汽般从身体上蒸发殆尽，下飞机时，大家早已一件件蜕壳样把身体的厚重全塞进了行李箱。马浛浛最后一个从卫生间出来，换了身肉粉色羊绒薄呢窄腰连衣裙，奶酪色真丝长围巾，粉色高跟鞋，脸上也精心修饰过，衬一头披肩波浪卷发，像一条恋爱的粉狐狸。唐小角守在行李箱旁，一身黑，黑色踏脚裤，黑色开司米宽松长裙，亏得脚上高帮棕色皮靴，佐了色调。她甩甩肩上的直发，暗提一口气，浮上一脸微笑，将手中攥着的咖啡棉麻围脖系到脖子上。她不是第一次来厦门，知道这里冬季的温度蛮高，却不提防这么高。今天这个天气，不怕冷穿个棉麻薄衬都可以。自己却搞得像座森然雕塑。

同来的男士们，除了赵青峰和两个岁数大些的神情尚算把持，另几个年轻的早似扛不住两眼放光，洽洽长洽洽短，殷勤上前帮马洽洽拉行李箱。唐小角扫一眼赵青峰，推开他过来帮她拉行李的手，对马洽洽笑，瞧瞧，马主任也不喊了，直接洽洽了哈。

八人团，来厦门考察新城市建设——住建局借次年旧城区改建计划，在年底搞了一次福利，分摊给行政层六个部门。有资格参加的人不多。唐小角属项目部，资格不算老也不算轻。放在往年，她毫无兴趣，这几年她职位年年小有攀升，从一名跑腿杂役成为住建局项目部办公室副主任，年底会有许多事务要处理。

但今年不同。马洽洽来了。

湖里区翔鹭五星级宾馆的房间两天前赵青峰已经在网上预订好。两个女生他给开了单间。唐小角盯着手里的房卡，磨磨蹭蹭走在最后，余光瞟着前面的赵青峰。以前随单位领导出差，只要有双人，他从没给自己订过单间。

洽洽，晚上留个门，去你房间哦……有男士跟马洽洽开玩笑。好啊！姐等你，吃饱点哦，不然……马洽洽波浪一样的笑声夹断在电梯门里。赵青峰退在门口，等唐小角，留在了下一轮。出了电梯，赵青峰跟着唐小角，踮着步子帮她去房间放好行李。而后拉着自己的行李箱转身准备去房间。唐小角从背后一把抱住他。赵青峰的身体停顿了半秒钟，热烈地转过身回应她，她却又使劲推开他，笑着乜斜他，怎么不给马浩浩开个总统套房？他茫然，左右为难的样子说，那个，你晚上想吃什么？她走到镜子前用指头拢头发，想再说句什么，停一停，朝愣在原地的男人嫣然一笑，那么吃……我要吃沙茶面。

赵青峰的影子在门口消失。唐小角关上门紧几步走过去，将耳朵紧贴在隔壁房间的墙壁上。五星级宾馆的隔音效果太好，什么声音也没有。

她将自己扔在床上，瞪着天花板。忽而对自己有些愤然：你这是怎么了，这么如临大敌？和赵青峰的关系不是一年两年了，一直很牢靠的呀！

她无奈地闭上眼睛。马浩浩的影子在脑海摇来晃去。这么多年过去了，她和马浩浩之间，到底有一种什么东西，链条似的，看不见，却一直把她俩硬拴一块，从上小学时候就已经开始。每一个场合，只要出现马浩浩，她便会有无法控制的生理性血压不稳的感觉。

二

考察任务只花了一天的时间。剩下三天，大家可以任意游玩。第三天早餐后，按事先约定好的，去环岛路椰风寨看海景。

但出了宾馆，马洽洽说馋了，想吃厦门的名小吃烤海鲜。说好了晚上去的呀？唐小角说。我现在就要吃嘛！马洽洽撒娇。其余五个人纷纷响应。赵青峰没说话，看着唐小角。好吧，大小姐说去哪就去哪！唐小角笑，捏捏马洽洽的脸蛋。她今天心情不错。昨天任务完成后，赵青峰带大家去"海天鲜"吃晚饭，回宾馆后，他又悄悄过来，带她去附近海边看夜景，又陪她去中山街吃了一碗沙茶面，再回宾馆后两人好好温存了一番，那层悄悄生长的隔膜像块失去黏性的膏药，被轻轻撕掉了。也确实，自由行先去哪里都无所谓，何必这么计较呢，显得自己小家子气。更何况，无论她情不情愿，她们就是闺密，且她是住建局的老职工，而马洽洽，不过刚来一个多月。无论哪点，她都不该那么没气量。

　　一路上，唐小角边说笑边忍不住暗暗打量马洽洽。时间真快，上一次和她分别，是七年前，都才二十五六岁。那时的马洽洽，确实挺漂亮，年轻啊，不施粉黛不着丽装也美得逼人的年纪。她和马洽洽有太多的同：同乡，同年，同小学中学大学，同时毕业进南方同一家实力软件公司做销售。唯独不同的是风格，马洽洽奔放艳丽，而她，内敛，娴静，生就乖乖淑女的可人小模样。后来，唐小角晋升的关口，忽然遭遇失恋，心灰意懒辞职离开公司，买了一大摞公务员考试书籍，决定放弃富人的梦想，过一种平淡的人生；马洽洽呢，不久竟也辞了职，自费去西班牙马德里读研。在那里，她一直跟唐小角保持联系，透露自己的近况。唐小角天生懂得倾听，她知道她闲不住。果然，在马德里一样风生水起：有过两场恋爱，一场婚姻。都像季风一样短暂，却留下了一个儿子。当然后来儿子归属了父亲，谁都没见过那个小孩。马洽洽回国后，除了家人和唐小角，在所有人眼里，她依旧是七年前的马洽洽。然而七年对于女人来说，是多么惊人的流年，要从唐小角现在的眼里看，经过七年和一场婚姻的马洽洽的那张脸已不算漂亮，甚至可以说有些人老珠黄，皮肤松弛了，多了些粉黛遮不住的雀斑，不过脸上的物件还那样，都一弊紧跟一利：眼睛不大，细长，但睫毛较浓；鼻子不挺，但有些英国人的俏皮；嘴巴不算小，但嘴唇肥厚，梦露式的性感，让人浮想联翩；只剩那对稍微嫌凸的颧骨，似乎依旧没什么弥补和遮掩。然而谁知道呢。就在现在，到了眼前的曾厝垵热闹的巷口，马洽洽眉开眼笑的样子，忽然使得那对颧骨与整张脸无比地和谐了，成了优点似的，继而使她整个人与脚下的小巷相互添光起来。

　　一行八个人一下子扎猛子般潜入食物的海洋。香味四溢的麻辣海鱼丸、迷你八爪；里嫩外酥的烤鱿鱼、烤蛴串、烤对虾、烤生蚝；红绿相间的鲜切杧果、凤梨、释迦果；眼花缭乱的榴梿糕、山楂糕、凤梨糕；清香扑鼻的各色叫不出名字的花茶……小巷两边的铺子门靠门灶接灶铺天盖地，仿佛从没歇过夜打过烊，没有尽头似的夹着人流弯弯扭扭奔向天边，即使隔好长一段路买一份，走不到一半路，肚子也早撑圆了。唐小角特喜欢烤蛴串和烤生蚝，但自从流产后，她这两年有些发胖，一般情况下她绝不会去吃热量很高的海鲜小吃，特别不会将自己置身于如此汪洋恣肆的诱惑里，消化自己的意志力。马洽洽却毫无顾忌，她像一架过滤器，食物空气样从她的肠胃穿过，不留痕迹，无论怎么吃，永远保持高挑清瘦的身材，即使生了儿子。唐小角气短，马洽洽十月怀胎，通过了最残酷的身材考验期，而自己，四个月莫名流产后，身子就不争气，压不住体内热气球般膨胀的势头。这让她非常郁闷着急。虽然赵青峰一再说，女人有点肉性感，没肉的显老又硌人。

小角，快来吃这个！马洽洽端了一大纸杯的海蛎煎，一边吃一边在不远处大喊。唐小角一手捧着只椰子，一手抓着几串麻烤八爪鱼，嘴里鼓鼓囊囊吃着——她禁不住赵青峰的鼓励，刚开吃。赵青峰端着一碗鲜切杧果，站在唐小角身边吃一串烤鱿鱼。马洽洽三步两步跳过来。今天的马洽洽扎了马尾辫，换了件灰色针织背带裙，配果绿纱线毛衣，衬得脸蛋白净又俏丽。她将手里的海蛎煎拈起一块递到忙着大嚼的唐小角嘴边，中途忽然转向，朝赵青峰的嘴伸过去。后者猝不及防一愣，下意识张开嘴，咬住了那块海蛎煎，然后木偶般转动眼珠看唐小角，又赶紧看别处，装着毫不在意的样子走开了。马洽洽哈哈大笑起来，然后一蹦一跳咬着海蛎煎赶另几个男士去了。唐小角停下咀嚼，忽觉一阵恶心。她现在不用克制了。待转头寻赵青峰，他正站在不远处一家糕点小吃店切糕点的大师傅面前，跟她招手，来，小角，你看看，这里有你爱吃的榴梿酥。

三

　　唐小角是个愿意相信时间的人。但现在她猛然发现，时间不可信，所有发生过的事情都只是暂时沉入水底，只要遇到适当的浮力，立即会从时间的河底一桩不少浮出水面。比如那个男孩——她都忘记了他的名字。是的，她早已忘记他。然而今晨，她窝在宾馆里装头疼，披头散发迷迷糊糊任性地蜷缩在半睡半醒的状态里，他的影子就那么自然而然地浮了过来。一点不像时隔七八年的人，仿佛就在昨天她还见过他。那是一把刀，两头尖，一头是男孩，一头是马洽洽，齐柄没在她心里。青春的牵手是如此交错纵横，没有从头至尾一对一到老，就会有捡拾别人剩菜的危险。比如那个男孩，便是马洽洽的初恋。被闺密抛弃的初恋爱上，唐小角没觉得有什么不对，但她震惊其中的欺骗性——他后来再一次回到马洽洽的身边，坦言告知，一开始小角就是他寻找的一个借口，现在洽洽回心转意了，他们有情人终成眷属。

　　其实，不幸捡了一枚臭蛋，扔了就是。可唐小角的心里就是远没那么简单。她拔不出那把两头尖的刀。它和她的心长在了一起。她什么都没说，更没有问马洽洽，就那么微笑着，将他的话像咬开一口带虫的果肉般生生咽了下去。她回避他们，也回避自己。然而不久，她已经当成命的事，再一次出现了戏剧性变化：她怀孕了，快三个月了，而马洽洽和那个男孩的旧情，没持续两个月已无疾而终。还没她怀孕的日子长。她正是那时候忽然苏醒，有一种深深的耻辱感。而男孩已经走了。第二次走得彻底，表明他当初对唐小角的坦言是百分百的真实。这时候的唐小角似乎才开始相信自己失恋了——她潜意识里也许还在等他？她不信她真如他说的那样，仅仅充当了借口，就没有半点别的？她开始真正地羞愧，悄无声息地一个人为她一文不值的爱情善后。那些日子她形销骨立彻夜不眠不仅为那狗屁的爱情，还因为想不通马洽洽这个人：既然分手了，为什么还藕断丝连？既然又爱上了，为什么这么快又分手？既然是闺密，为什么从不坦诚相告？当然，马洽洽有她的理由：我本不想拆散你们；有时候也觉得和他还有感情，就拒绝不了；他对我太好了，你知道女孩子悲伤的时候是很脆弱的；不过他实在让我觉得很乏味……

一切不过是幌子，是马洽洽在玩——她喜欢看别人对着她吃过的剩菜流口水，但又绝不让人得到她的剩菜，宁可倒掉，绝不留给她。

赵青峰发微信来：怎么了？别置小孩子的气啊！我们都是成年人了！

唐小角愣怔，盯着手机屏幕，半晌，起身梳洗。穿上自己带的唯一一件亮色的米色风衣，尽管和马洽洽不能比，但她忽然觉得，没什么。昨夜拒绝开门是对的。她忽然想起家里那个与她两年来相互游离的丈夫，她在想，他们怎么结婚的？又是怎么变成现在这种状态的？他当初追她的时候，他们也是郎情妾意。对了，因为孩子流产了。医生说，有过第一次流产，第二次很容易流产，但她还年轻，想要孩子的话注意点也不是那么难。但他不愿意了。他红着眼绿着脸问她，你流过产？你怎么不告诉我？你这个……这个什么，他最终没说出来，摔门而出。骗子？婊子？都有可能。唐小角没回答，他也没再续，咬牙切齿地将后面的话咬断，从此把婚姻变成了昏死状态。

你们在哪里？唐小角回给赵青峰。环岛路鬼岛酒吧，你自己打的来还是我回来接你？不用了，我打的。

酒吧很暗，流光溢彩。进酒吧的第一眼，唐小角便看见手里端着红酒、倚在软座上乜斜着眼跟其他几个七倒八歪的人说笑的赵青峰。马洽洽穿着一件没见过的明黄色低胸连衣裙，端着酒杯站起来，迷眼朦胧地走过来歪着脑袋，小角，好看吗？上午他们几个陪我去逛了商场，哎，你说说，他们这几个男人，是不是不顶用，才喝几杯呀？马洽洽一副毫不知情的样子。也是，也许是自己太过敏了，又也许，只怪那种露水关系本就吹弹即破地脆弱。

我们去鼓浪屿吧，还来得及的。唐小角说。那明天做什么呢！马洽洽惊呼状，着什么急嘛！现在我要喝酒！对了，她忽然神秘兮兮回头指着沙发上的男士们说，告诉你们哦，鼓浪屿可是有三大魔咒的，第一是五条龙，告诉你们哦可以碰见龙的，第二个就不太好了，是夜晚禁忌——千万别在岛上的夜晚乱跑哦，那里有一个鬼屋，会……她故意翻眼抓手做女鬼样，撞见鬼哦！唐小角也被马洽洽的样子逗得笑起来。赵青峰端来一杯橘子汁，递给唐小角，他知道她最近睡眠不太好，不能喝酒。

唐小角笑着接过来，抿一口。马洽洽拿手指圈绕自己的发梢，故意歪一歪她性感的嘴唇，第三……哎呀，不说了，不好玩，真是周到啊，怎么没人给我要橘汁呢？哎呀我也不能喝了……

四

　　远远看过去，雾气中的小岛像座孤城，令人伤感。上了岛，却一个人一座孤城了，岛反而成了个无边的大世界。人是太小了，像蚂蚁，上了一片绿叶就以为进了一个王国。

　　来鼓浪屿的，就唐小角马洽洽赵青峰三个人，另外几个说又去鬼岛喝酒了。其实都知道他们的真正去处，这几个北方城市的小公职人员的那点小心思，简直司马昭之心。去鬼岛，十有八九去撒旦别苑了，那儿可是有厦门一流的陪酒女郎，据说连妈咪也是二十来岁的美少女。赵青峰，你是不是也想去？马洽洽回头，忽然拉下背包，往赵青峰怀里一塞，可别想溜号，平时在单位赵大主任是局长的红人，在这可不是，今天怎么也得抓个差……赵青峰转脸看着唐小角，朝她伸着手。唐小角看一眼赵青峰，昨夜他没去她房间敲门，仅仅一夜间，那张脸似乎就长出了皱纹般的陌生。她将自己的背包拉下来给他，想说句逗乐的话，实在装不出，便罢了，僵僵地咧嘴傻笑。赵青峰将两个背包轻松甩上了肩膀，龇牙笑了，来，哥们帮你们俩拍美人照……

　　鼓浪屿依旧是以吃为主题，那些兜兜转转的巷子里，到处有喷香的小吃在等候。三个人边逛边吃，撑得肚儿圆。马洽洽是彻底把自己当小孩子了，爬椰子树，抱着流浪吉他手拍照片，闹着踩着赵青峰的大腿，去摸大榕树上垂下来的"胡须"。后来，马洽洽看见远远的龙头山顶的日光岩，要去爬。唐小角一屁股坐到路边的花坛上，伸手朝赵青峰要过自己的背包，摆摆手，哎呀姑奶奶，我可没劲了，你们去吧，回头在码头会合。

两只影子消失在了远处的拐角。唐小角仰头看天空，闭上眼歇息。过了一会儿，她起身慢慢走，开始认真地看景色。鼓浪屿确实美，头顶蓝天白云，四面汤汤的大海，岛上到处是椰树，芭蕉，带胡子的大榕树，丰饶的藤蔓，不知名的花儿。最吸引她的是各种各样的人，都不知道来自哪里，和哪些人一起来，玩得快乐还是忧伤。远处传来音乐声，记起来是很久很久以前的那首《鼓浪屿之歌》，小时候母亲夜间做家务曾时不时唱情歌一般哼唱这首歌：

……
我紧紧偎依着老水手，
听他讲海龙王。
那迷人的故事吸引我，
他娓娓的话语刻心上，
我渴望，我渴望，快快见到你，
……

唐小角忽觉眼角湿了。她用袖子抹一把。这首歌身负当年浓重的政治投影，但这世上的普通人就是那么可爱单纯，无论什么样背景的歌，只要触及心底柔软的话，哪怕一句半句，就当自己的恋歌唱，就是自己的爱情了。

可爱情，是有出身的，和家庭一样，富贵的人筛选爱情，贫微者，总是被爱情筛选，如马洽洽与她。然而为什么她偏和马洽洽生在一个城市，并且成了同班同学？如果不，自己当年也没机会接受他们家的恩惠了吧！怪只怪自己生在那么一个贫寒的家，又有那样一个短命的还对生儿子怀有情结的父亲，她的父母明明都是普通得不能再普通的烟熏草巷里的夫妻，却偏偏砸锅卖铁要比别人多生个男孩，还是个极不听话的，十几岁学会惹是生非，至今没成家，每个月都在为唐小角的收入制造一份莫名的开支。在那个物资匮乏独子奖励的年代，他们家罚了款、拿不到独生子女费不谈，凭空比别人家多了一倍的负担。因为弟弟，刚上六年级的唐小角便要退学跟外婆摆小摊，顺带照顾弟弟，好让母亲出去挣钱养家。后来一切因为马洽洽改变了。马洽洽无意中跟父母说，我们班的二号唐小角，要辍学了。她爸爸生病死了，她妈妈要到大城市去打工，没钱给她上学了……身为班级准一号的马洽洽的公务员父母顿发善心，从此每学期，都会给唐小角一笔资助费。直到初三毕业。

命运也有慈悲的时候，高中几年，他们家有了转机。母亲认识了继父，家里不再那么拮据，唐小角可以上高中考大学，并且不再需要任何外人资助。可是一切都已成定局。高中的每个春节前夕，母亲会买个硕大的猪蹄髈，让唐小角费力拎着送去马洽洽家，让马洽洽看着她拎猪蹄髈怪里怪气的模样笑得前仰后合。尽管后来大学几年，唐小角没命地做兼职，用别的方式将那些钱超额还给了马洽洽的父母。但她还是欠下了一笔永恒的恩债。就像马洽洽说的，还什么还？那么点钱，抵什么？

一个人湮没在陌生的脚步里，随意地走；有一份淡淡的惬意和忧伤。唐小角漫无目的，在一条巷子里看到了那个叫八卦楼的鬼屋，站着看了一会儿，没看出什么可怕来，又走。迎头许多穿着洁白婚纱的新娘，在阳光下拍照，摆着各种姿态。她驻足愣一会儿，想起自己当年也曾在镜头前甜甜地笑。最后坐在一家水果摊前，买了杯杂色水果慢慢吃，跟一群陌生的年轻人一起听那个脸色黑得发亮胡子拉碴的大叔讲了这岛上的第三个魔咒：分手。说相传鼓浪屿以前有一位高僧叫高春泽，因为医术高明，广施善行，在闽南地区广受爱戴，后来佛祖有意引渡皈依我佛，可是这个人在二十八岁的时候碰见一个女病人，他医救了那个女子，却不料误入情关跟那个女子产生了无法割断的恋情，最终沉溺情劫脱去僧服，再次轮回入世。佛祖因此拂袖一怒，在鼓浪屿施法作道，约定从此以后来到此地的恋人最终都会分手。说是这样说的啦！大叔的普通话带着浓浓的福建腔，可里门（你们）看这岛上，不系（是）每天都有来来往往的新娘新郎来拍婚纱照地啦，这岛上风光好地啦，气候宜人地啦……

岛上开始起风，雾气也渐渐大起来。三个人在码头会合，各自意兴阑珊，登船回宾馆。躺在床上，唐小角依旧回想着那个分手的魔咒。哪有什么佛祖？人生的聚散不过和尘世的沉浮一样，来去无声无息，不由人知晓，又都是由人造成，又何必怪岛呢？这世上的哪一寸土地上不曾上演过分手？仅仅鼓浪屿吗？

五

马洽洽的声音在门外走廊上响起，不一会儿敲门进来，手上捏着手机皱眉说，赵青峰出去了，那帮孙子，他们竟然去赌场了！唐小角没搭腔，面无表情看手机，找到赵青峰的头像，点出"删除"，木然盯着，又点了回车键撤销。马洽洽一撇嘴，你说能不出问题吗，这些小地方的蠢家伙，刘姥姥进大观园，玩个女人就找不着北，赌场是他们去的吗，有钱就可以赌啊，会游泳就可以下水啊，都像我们北方的小水坑吗，厦门的水深着呢，看不淹死他们！她在房间里四处转悠，哎呀小角，我们去拍拍照吧！闷死了！她百无聊赖地撅嘴，那群围着她转的男人们都不在身边，她真不习惯。还有两三个小时的日头天才黑，她可不想像唐小角那样，窝在宾馆里睡大觉。我们去环岛路吧，你不是想去那看海景，走，咱俩去，让他们赌去，输成光屁股才好！

马洽洽换了条垂感十足的黑色齐脚踝的加厚棉麻长裙，墨蓝平底矮帮小皮靴，脖子上围了一条湖蓝棉麻拼青灰布边的长围巾，在海边自顾自拍照。唐小角坐在海边看着她修长的身影像梦一样飘来飘去，她不得不承认，马洽洽身上有一种特别迷人的美，无论什么色调都能穿出万种风情，那不是普通的世俗的美，那是种勾人魂魄的东西，带着妖性。唐小角叹息，为什么命运要将她和马洽洽放在一起呢？她们根本就不是一类人，她身上就是那种世俗的朴素的平凡的小家碧玉的美，如果不是马洽洽，她的美无论如何也会给她带来一份世俗的平凡的幸福。而马洽洽，她那么妖媚，她的美和招摇像座大山，像这无边无际的大海，像个诅咒，盘桓在她的生活里将她没头没脑覆没，逃无可逃，从上学时她们的名次开始，马洽洽第一她必定第二，马洽洽第二她必定第三，无论她怎么拼死学。连个头也是，她蹿一寸，马洽洽蹿一寸五，她蹿一寸五马洽洽就蹿两寸，所以现在她永远高她半个头，永远压着她俯视着她。可她当初不是走了吗？她们那次分途是多么彻底，她觉得她们这辈子再也不会聚到一起来了。可她又回来了，且轻而易举进了科班，悄无声息地在机关任职了一年秘书。她为什么要回来呢？实在想回来远远地做你的秘书不是很好？为什么要去她的单位？她这不是成心的吗？当年她埋葬了那场恋爱，回到本市考公务员，像冬眠中自食手脚的章鱼般苦守煎熬，终于迎来了花开。与丈夫也是在这个过程中相遇的。几年来她兢兢业业亦步亦趋，刚刚靠着赵青峰谦卑地站起来，小心翼翼摸索到一条使她多年的梦想即将拉开序幕的路子，从那次领导找她谈过话，唐小角便暗暗兴奋，她觉得，自己这回真的要时来运转了——除了转正科，谁不知道住建局项目部办公室主任的实权意味着什么？然而这个当口，马洽洽来了——大约两个月前的一天早上，赵青峰神色凝重地跟她说，叔叔昨夜来电，他提升市长的事有变，可能你那个办公室主任的位置要暂缓，先添加一个副职，新来的，叫马洽洽……

小角——，过来——，帮我拍两张——

远处马洽洽已经用湖蓝围巾把自己围成一个多情的阿拉伯女人，一边喊唐小角，一边用脚撩着沙子，往海边那群高高低低的岩石走去。

海风越吹越大，岩石深处，海浪伸出巨大的卷舌，舔舐着岩壁。唐小角举着马洽洽的手机，将每一个妖艳的造型永久地储存下来。身后的海浪一个激灵跃上她的裤脚，她心里猛然跳出一个人的名字：向海。对，他叫向海。

她的心紧紧地抽了一下。透过摄像头，马洽洽美得令人生恨到齿寒。

给我拍组背影吧！

马洽洽说。走近岩石的最边缘，伸展双手，面朝大海，将那个瘦削动人的背影展露给镜头。

风更大了，咆哮的海浪伸出更多浪舌舔舐马洽洽的脚。唐小角咔咔地按着快门。忽然，她的心狂跳起来，一种不知名的东西攫住她的心。她屏着呼吸，目光飞速扫描除了她俩阒无人迹的海岸，扫描无际的大海咆哮的海浪，然后，悄无声息聚焦在那个美丽的单薄的毫无提防的后背……

马洽洽毫无征兆转过身来时，唐小角猝不及防愣在镜头那边。那幅海浪吞噬马洽洽的画面木雕一样僵死在半空中。

马洽洽深深地看着唐小角，半晌，忽然凄然一笑，小角，你知不知道，当年是向海抛弃了我？他说他再没脸面对你！她停了一息，欲言又止，目光孤魂般爬上唐小角身体，上下游荡，渐行渐近……唐小角惊魂地发现，那双披覆长长睫毛的眸底，竟生无数游蛇，一条条吐着芯子靠过来，啃噬着与她心底一模一样的东西……

河流的声音

第二天，清水街响起警笛声，像女人惊吓过度的尖叫。除了生病的，所有人都往街口跑。麦青躺在凉棚的小竹床上，闭着眼，像躺在一条湍急的河流上。昨晚回来，他便开始发烧。但他的耳朵像两只小鹿，高高竖着。

晚饭时，舅舅一家都留在外婆家吃。他听见他们说，马二和那伙小流氓糟蹋了街南头一家人的闺女，被抓起来了。

马二是活该，迟早的事，可怜那小傻子，哎哟真可怕，这家到底是怎么了？舅妈说。

还能怎么，祖坟葬错了，要么生崽抓不住，要么……马家算是彻底完蛋了……舅舅说。

我看是报应，你们是不知道，我们这辈人个个晓得，那马家老太爷，年轻时候当过土匪……外婆说。

……

之后，要开学的前两天，父亲和母亲照例来看麦青。麦青抱住母亲的胳膊不放，像一撒手就会消失。母亲说，妈，这孩子是不是吓着了。然后他们商量了一下，决定带麦青离开清水镇。

二十六年后。

麦青点一支烟，站在北墙阔大的落地窗前，眺望明湖。北岸工厂那些白色的烟囱每天都在往天空释放铅色的云团。那些烟像土地的记忆，被焚烧，再被一口一口吐进天空，弥散，消失殆尽。

博客里新收到一封私信，称呼和署名为"我的朋友，你的朋友"。应该与那封纸质信是同一个人的。

米苏发来视频，似乎是在一个很幽深的森林里。她说越南的热带雨林非常阴鸷，到处都是潮湿的黑土和苔藓，她和一个同去的朋友走散了，她现在很可能遇见一条暗色的毒蛇，这里的环境非常适合出现蛇这种酷似阴谋的物种。米苏有些神叨，在研究人类欲望。去年，他们同去北极村旅游，在白雪皑皑的大森林入口，米苏忽然对大家说，可能会遇见狮子和老虎；后来去草原，又逼着麦青带防护工具，说草原经常有狼突然蹿出。她是个心理医生，不过麦青觉得她现在已经变成了心理病人，喜欢研究动物，又过度惧怕那些大型的凶悍的动物，用动物心理和特征强行解读社会与人类欲求。她读各种各样的动物心理学书，收集电视、视频，或者人们的谈资里她认为有用的东西，甚或她病人的资料，也反复挑拣，找觉得重要的东西留下。他们相处三年了，没再有什么进展。也不好那样说，他们之间就像一开始已深入对方，之后却在某处踟蹰，似乎更深入需要耗费不寻常的力气与胆魄，他们好像都缺乏这些，只想闭上眼，等对方带上自己安逸平稳地到达。人一辈子一定要爱上另一个人，这是什么鬼？母亲在世时，总催促自己谈恋爱，结婚。麦青觉得求偶的主要原因是繁衍，可以由许多基因优秀的人去完成。二十几岁直到三十岁，他始终找不到原因去爱上一个人，他有时候怀疑自己是类人类。后来遇见妻子。不过也只是进一步验证爱情的一成不变——不会因为迟来而持久；来和去像打喷嚏，抑制不住，又一喷而尽，他和她飞速地相爱、结婚、离婚，像一场春天的雾气，铺天盖地地来了，又一点不剩散了。然后就是漫长的犹如又回到从前的天各一方。

"……看到你今天的成就，我无比欣慰和感动，那时候我们相处得非常好，我非常怀念，直到今天，还是认为你是我一生最好的朋友，而我于你，我想，也一样，因为我觉得，没有人像我这样迫切地希望你好，因为我们一起走过那个最特别的日子……"

这是多年前在蒙山收到的纸质信，已经泛黄。他记得，当年因为"特别"才十分留意了这封信。并在离开蒙山处理信件时单独保存着。麦青盯着字迹，工整略带清秀。他脑海再次筛选一遍。那些日子收到好多信，因为他的书忽然一下子就火起来，像一捆即将风化的干柴火，忽然某一天碰见一颗毫无目的四下乱蹦的火星。而他写那两本书时，正不停跑工作，手中名牌大学的文凭，似乎帮不上任何忙，反而像"碰壁"的结业证书，最后他决定去深山，去做支教老师。锦绣前程来得突然，他像意外一跤摔进畅销书作家行列似的，后来很快离开蒙山回到湖城，渐渐成为一个资深青春畅销书作家，出版商排队找他签约，一大堆报纸杂志等着约稿或施舍给个随便什么签单。

"特别？"他蹙眉。

父亲打电话过来，问他怎么还没过去。他才想起，父亲约他去他的"家"吃饭。他一出现在湖城，父亲像个看门人，交给他这套临湖的套房的钥匙，马上搬走了。搬到哪里，麦青没有热情知道，父亲电话跟他说，去他同学那儿了，当年一起插过队。他们父子，五年十年未见，再见也跟昨天还从同一个客厅或厨房出来那样不惊不喜。他们观念大相径庭。父亲并不爱母亲，也娶她，并且假装爱了一辈子。母亲是个活在假幸福里一生的女人。

他准备下楼时，米苏来电话，说让他等她，她晚上就到家。这个米苏，简直是个神秘学家。刚刚还说在越南。麦青给父亲回了个信息，往躺椅上深深躺下去。

躺下去，他做了个短暂的梦。不是米苏，还是少年时代，清水街小镇。醒来看窗外，天色微冥，明湖洇染一层淡淡的黛色，对岸的一切在黛色中模糊，变成某种记忆的浮影。米苏还没来。他闭上眼，顺从着那种沉溺，一直躺下去，陷入醒后的梦境。

总是他们，这些年，像电影片花，一个一个，一帧一帧反复迎面而来，又晃荡着背影远去……

清水街的寂静淹没在炽烈的阳光里，滚烫的尘土飞扬，像狼烟弥散。

每天，从北方到南方的客车有四五班经过这里，吐瓜子壳一样，在四门闸边吐出一堆客人，再像吃瓜子似的吃掉一堆客人。一吐一吃间，镇上的包子、茶叶蛋、烧饼油条、当季水果都跳起舞蹈，一茬一茬变成钞票在清水街人的日子里快乐地穿梭。

麦青和家明的假期充满神秘，他们去西桥下的清水河岸找黄鳝和螃蟹洞，用自己做的丝网捞鱼，采莲花莲蓬和藕，或者用弹弓在供销社后面的小树林打鸟打蛇，生火烤着吃，再或者街南街北到处闲逛，看供销社墙壁上那些脏话大笑。他们会作弄那个老头，他老拎着桶和抹布，咬着自己卷的纸烟，边骂边擦那些脏话，像似将墙上的话吃进肚子再吐出来。麦青和家明躲在树上或哪个隐蔽的窗子里，用小石子射他，他们看着那些脏话莫名兴奋和快乐：某某跟某某上床睡觉，或者，某某，日你妈个×，某某，我爱你……他们也有时候躲在某处，偷看一帮混混逮住哪家闺女亲得吱里哇啦。后来，家明姐姐放学，被为首的那个叫马二的摸了奶子，他就没兴趣了，再看见他们干坏事，家明就拿出弹弓射他们，然后拉上麦青逃走。

暑假时，他们专心做一件事，放摊卖茶水。那时清水街附近的小孩们都干这个，六七岁，八九岁，或十一二岁，只要有条件。烈日下找一块有大树的阴凉地，一张一米见方的小木桌，大口贴花玻璃杯，七八杯茶水一字排开，然后看街而坐，大汗淋漓地等客车的客人或南北行人来买茶水喝。价格很贱，糖茶五分、茶叶水三分、凉白开二分。但都是巨大的财富，因为钱都自己留着。头脑灵活生意好，一个暑假也能累积到四五元，可以交学费，还能看上半年小人书，或暑假后装好长一段时间的土豪。当然这是做梦，茶水摊要两个人，上下集搬物件得分工合作，回去添茶水也要分工。

麦青跟家明打下手，钱对半分。家明生意很好。因为家明长得清秀，嘴甜，爱琢磨，清水街有几次班车，几点到，什么人肯花钱喝几分的茶水，他都揣摩，他不开小差，茶水也备得足，凉得温热正好，还主动推销——一辆车停下，他左右手各端一杯茶水，利索地跑到车窗下踮起脚，爷爷奶奶叔叔阿姨哥哥姐姐，你们喝茶吗？糖茶、茶叶茶、白开水都有，价格便宜，茶水干净……

这封信很短，口气也不是之前那种模糊的回溯往昔，或者人生失意等无聊的综合的情感倾诉。这封信只有两句话：

我的朋友：

　　我不得不告诉你一件事，我生病了。

　　这是我没预料到的。

你的朋友
2008 年 11 月 2 日夜

　　米苏抱着胳膊从南窗踱到北窗，她说这段时间她不打算出去了，打算写本书。名字我还没想好，根据我的研究总结，人类社会诞生于恐惧，对，就叫《诞生于恐惧》，你觉得这个名字好不好？

　　麦青似笑非笑，看着她。不是桑代克的需要和欲望吗？为什么变成恐惧而不是欲望呢？

　　因为解决不了恐惧，欲望就无法滋生。试想你如果知道有人拿着枪指着你，你还能跟女人做爱吗？恐怕都无法举坚，你只剩下一个念头，那就是撒开腿逃跑……

　　是吗？麦青转头看窗外，他想起昨晚。她昨晚要面对面看着彼此眼睛，他对着她的脸，竟然力举不坚。

　　不是吗？……我是说作为生命，你也是我研究的一部分，比如说你对你父亲，与其说你厌恶他因为他对你母亲的行为，不如说你是对这种情感阴谋的恐惧，比如说，你父亲当年因为你外公不放他回城，不得已娶了你母亲……

　　跟你说了，我外公那是非常欣赏我父亲。

　　那自然，但对于人类来说，自己不喜欢而遭遇的力量都只能带来潜意识的恐惧……

那又怎样，对于我？

他们是你父母亲啊，他们的假装和不明真相其实都隐藏在你的基因里，我是说，他们这种违背性和无知性其实都深藏在基因里，并遗传给下一代，你并非是恐惧他人，而是对你自己的这种双重继承性可能发生的双重遭遇感到恐惧和焦虑……

对不起，请给我倒杯酒。

兑什么汁？

白水？

什么？

我说白水。

麦青低头打开电脑。处理新留言时，他盯住私信栏。又是一封私信。他转头看，米苏端着兑水白兰地站在对面，说，为什么要把电脑搬来这里，其实……

我喜欢北窗，这里可以远眺，你这样是不是觉得舒服些？我感觉你这样似乎很痛快……

中午饭我给你叫外卖，我得去接个病人。米苏说着，人已经飘到了门外。

新邮件很长。像一个人的回忆录。

马家的父母亲都很老实。马二十七八岁。没工作，是清水街长发花衫喇叭裤痞子的头儿。马二彪悍，有某种邪恶。他跟手下一帮跟班从清水街穿来穿去，有时候在四门闸下大叫，或拥在西桥头，往清水河扔石头、瓜皮和烟头。他们喜欢妞，也喜欢女人，当街喊路过的女人，不喊她们名字，喊她们身体上突出的部位，比如大奶子，肥屁股，或者细条腰，要么是小嫩脸。被喊的都低头快快地走过，或者早早地掉头绕去别的道。

十二岁的麦青和家明像路边的野草，而马二们是那种非草非树的野蒿，他们不招惹野蒿。麦青刚到清水街曾经和别的男孩打架，抬出过马二的名头威慑过对方。自从马二对家明姐姐动过手，他就不再提马二这个名字。

可后来马三来了。

马三的样子滑稽。顶一头黄毛，一张竟日傻笑的大嘴，扁鼻子，一双距离很开的鼓眼睛，生好多蛔虫斑的皮肤和过分细小的四肢，总之他看上去就像被什么人恶作剧捏了一遍，有些变形和可笑。马三十来岁，看起来七八岁，和麦青他们比，是另一种更小的野草。本来也毫无瓜葛，可是马三是马二的弟弟。更可气的是，马三也摆上茶摊了。

马三的茶摊都是马二帮他上下集。中途没有过回家添过水。说马三来放摊挣钱，不如说将他放到集市上放羊。麦青和家明从没将马三放在眼里，一个歪瓜裂枣，谁去喝茶呢，看一眼都嫌。原因是那棵大树。卖茶水的孩子多数抢占清水街供销社的门口和墙根，离四门闸远，但多少能将大太阳拒绝在远些的地方。唯独那棵大树，天时地利，长在四门闸和西桥之间，是一棵苦楝，既不生虫子又冠大叶稠。麦青和家明为了这块地盘，每个出茶摊的日子都比别人少睡一两个小时，或者用打仗的方式，渐渐打败众多觊觎者。

而马三来一个礼拜后，他们的好日子忽然宣布告罄。

当然是马二。一天麦青和家明提着物件，远远地，就看见苦楝树下马三涎着一张傻笑的大嘴。麦青暴脾气，当时就要动手。家明拉开他，一改平时的态度，跟马三好言说话。小歪瓜很快就被家明俘虏，家明和麦青手脚利索地将他的摊位挪回到之前供销社的墙边。可那天他们的茶摊还没卖出第一杯茶水，马二便人高马大地站在他们茶摊前了。马二招手喊来他手下一帮，说买茶喝，然后将他们所有茶水拿起来喝一口又往里面吐口水，说怎么有怪味，是不是有毒。后来，他们就吵起来，马二三下五除二将他们的摊子卸掉了，麦青捡起路边一根木棍，跟马二拼命，马二像拎小鸡似的将他拎起来，抛到人仰马翻的茶摊上……

再后来马二什么时候离开的都忘记了，只记得从那之后，他们乖乖地搬到了供销社墙角马三的地盘，那棵风水宝地的苦楝树让给了马三。从此生意一落千丈。再后来家明也没有兴趣冲到马路对面的四门闸去兜售茶水了，太远了，跑过去客人来不及喝茶车就要走了，他们只能像其他人那样，静静地候在大太阳的炙烤里，无聊的时候，在墙上画圆圈或者写脏话，再不然老老实实待着，看街上匆匆忙忙过路的行人，幻想忽然有一群人直奔他们的茶摊来，买一杯茶水喝。

米苏再一次提出要出去旅游。他们俩。

不写书了？麦青乜斜她笑。米苏有一点他十分喜欢，对于他们两个人之间，她从来都是先妥协的那个。不过她说这不是妥协，她只是喜欢选择一种和解的交往态度。

米苏将所有东西都准备好的时候，麦青收到了第四封信。

这一次毫无悬念。署名：家明。开篇仍然是"我的朋友"。

我的朋友：

　　我觉得你和我一样，在这个海一样孤寂浩渺的世界里孤独地飘，我也曾经希望我们就这样天各一方地活着，彼此知道又互不打扰，像两只到不了岸的船，各自摇橹。是的，我曾经给你写过信，倾诉我的苦闷和迷茫，我寻找过，可我似乎再也找不到比你更合适的人，我无可诉说，可我一直在苦思冥想，为什么会这样，太不公平……可谁是公平的？通过世界的手给予我们，和通过我们的手给予世界的，都一样充满荒谬和不公平……我生病了。这是我现在不得不告诉你我和我境况的原因，请你相信我，我只要有一点点办法，我绝不想去搅扰你的生活，我的朋友，我从没有像今天这样痛苦和清晰，唐突又无奈，我……

你的朋友：家明

　　米苏给送来一杯咖啡，麦青赶紧将网页关掉。米苏没出声，回到客厅那一堆行李中坐下。为什么要在临出门的时候打开博客看呢。麦青想。

　　接下来，是第五封和第六封信。这两封信提到的事似乎跟钱有关。麦青下意识盘算了一下目前自己的积蓄和收入，心里忽然有些坦然了。如果家明真是冲着钱来，那倒不算是坏事。他已经决定，这本书完成后，下一本书他不准备再写从前那种畅销青春版。或许因为年纪，或许别的，总之他打算转向严肃文学。不过严肃文学属于挑战，他觉得他的收入会因此趋向一种不稳定。他大概清点了下，加上手头这本书出版社预支的十万，也有不菲的一笔存款。已出版的那些书每年还有出乎意料的版权费。看起来也不必太担心。何况家明并不像狮子大开口，他只说他生病了。他提到很多的是他的一个工友，说那个人离婚，几年前跟他在一个工地打工，出了意外死了，赔款也不多，家里只剩下年迈的父母和他孩子。这几年工友的父母也相继离世了，现在工友的孩子跟他在一起。

麦青翻来覆去看家明所有的信，确定他无非是要钱。离开清水街后，麦青相信自己已经忘记了家明，因为后来偶尔想起来根本想不清这个人的样子。现在他奇怪地发现，自己并没有忘记那个清秀的男孩，也忽然不再害怕回忆清水街，似乎有某些东西已经找到理由风化了。

米苏发来信息：如果当面告诉你你会承受不了，我其实在做一个特殊人群的心理课题，作为入会条件，我读过不止一个畅销书作家的书……现在我只告诉你我决定不加入美国桑代克心理学会……我要去非洲待一段时间，他们说在那里能看到最残忍的动物角逐，但却有许多人丧失的能力恰恰在那里复活……

麦青去米苏家。邻居说，她的房子好像已经卖了。他又去了米苏的单位，医院的人说，她辞职了。

时间掉了个头，又回到刚回湖城时的样子。那时候米苏是他的读者，他们一边网络交流，一边惊喜地等着那个碰撞时刻的到来。

没有了米苏，麦青觉得也未必不好，静静地蜗居在家，等家明的第七封信。他想，下一封信，他会说出来了。他将大多时间消耗在北窗，明湖的天空一到斜阳半落时，会飞来成群的白鹭。明湖边，开始修草坪和水榭，玩具车般的挖土机，玩偶般的工人身影，他们脚下的土地上，织布机一样流淌出来大片绿色……那些遥远的盘桓的白鹭、对岸烟囱里的白烟，像漫天记忆，每天来，每天消失，有生命和无生命的东西啊，白鹭是不是每天都是同一群白鹭？烟归底再不是前一天的那些烟了，它们是大地的不可复制的情绪，是那些小镇，那些小镇的人和喧哗，青草露珠，河流桥路，嬉笑哭诉，争吵亲昵，还有墙壁上那些涂鸦，和那些蒸汽一样找不到归宿的尘土……

第七封信迟迟没来。

相隔半年后，麦青接到一个电话。是家明。他好像在医院，在病房里。

"我们……见个面，你看可以吗？这封信，我想亲手……交给你……你可以选择拒绝我，对不起，麦青……"

那是条支流，有个跟镇子一样的名字，清水河。

麦青和家明已经认命了。他们心里都清楚了，这个夏天，也许是最后一个卖茶水的夏天。

然后就到了暑假的尾声。很快就要开学了，开学后，书本和课堂会使他们渐渐又回到从前的状态，一起上下学，一起和别人打上一两架，似乎少年的烦恼永远只是一刹那，稍纵即逝。再后来，清水河的快乐只剩下最后一波莲蓬，从剥落的莲花里结结实实地垂下头，冲淡了男孩们心头夏天留下的阴霾。浮水去那片荷叶密集处摘别人摘不到的莲蓬成了他们新的快乐。

那个闷热天的傍晚，麦青和家明不着急回家，他们打算将剩下的莲蓬一次性摘完。用来弥补这个夏天的亏损。他们脱掉衣裤，光溜溜地下水，捞回来一大把一大把莲蓬，上了岸开吃。那莲蓬的味道啊，似乎比装上两个月的土豪也差不到哪去。他们快活得大嚼大叫。

一回头，看见马三。

马三像每一次看任何人那样，涎着脸和一张船一样的大嘴，傻笑。所有怒气像潜伏在身体某个角落沉睡，这会儿忽然被这个小变形怪叫醒了似的，麦青大骂，滚开，傻×，滚远点。

马三垂下眼睛，有些委屈的样子，把指头放在嘴里吮吸。过一会儿，麦青抬头看，马三还站在那，又回到那副傻笑的样子。

滚开，你妈个×的！麦青生气地上前踢了马三一脚。马三一屁股坐在地上，咧开嘴哭起来。

空气在这个时候忽然异样起来。家明走过来，他手里握着一小把莲子，上前递给马三，别哭了，马三乖，给你莲子吃。

马三真的不哭了，坐在地上，开始一心一意剥莲子。

他们又开始吃，吃了好多莲子。然后，麦青的目光碰到了家明的目光，家明转头看马三。

又过了一会儿，家明说，马三，你想不想摘莲蓬？

马三抬眼，嘴里口水嗒嗒地咬着半个莲子呆呆盯着家明。

教你摘莲蓬好不好？家明说，河心莲蓬可多了，水也很好玩哦，你还没下过河吧马三……

马三笑了。清水街男孩子没有不会游泳的，但是像麦青和家明敢游清水河中央的，没几个。而马三，是唯一一个不会游泳的。马三衣服也不脱，就跟他们一起下了水。他一下水就死死抱着麦青的胳膊，他们搞了半天才把他弄到有莲蓬的地方。看到莲蓬的马三忽然放松了麦青，麦青教他抓住一把荷叶秆。马三的傻笑又出来了，他咧嘴睁着一双痴痴呆呆的鼓眼睛，呵呵呵笑出了声。然后，马三仰起脑袋，一只手抓着一把荷叶秆，一只手忽然松开，去抓一朵高高在上的莲蓬。

马三不见了。

远处似乎有雷声渐近。麦青和家明上岸穿好衣服，抓起书包离开。他们从上岸开始就没再说一句话，连目光也没有再碰一下。

又是十年。

绿草地上有几个小孩子在追皮球，一条雪白的蝴蝶犬跟着一起疯跑。麦青坐在明湖公园的长椅上，两鬓霜雪。他的创作生涯沉寂了好几年，刚刚走向自己想走的那条路。米苏还在写她的书，不过改了名字，《诞生于爱》，她去了非洲，见识了草原，最后却跑去刚果一个难民区专门为那些孩子寻找能活下去的通道，她说，诞生于动物性、恐惧、欲望或者别的任何，都不贴切，只有那个字贴合，一个人即使在恐惧下，也不会妨碍他去爱，非洲猎豹追逐下的角马，绝不会丢下幼崽独自逃生。她现在，除了写书，还在各种儿童、少年群体中奔忙，她觉得与其等他们长大了一个一个走进心理诊疗室，不如在他们小的时候，尽可能地大片大片种下美好的种子。麦青转过头看儿子小兔，小兔在一边玩魔方，已经二十二岁了，多年来一直执着地喜欢魔方，像某种信念。他现在已经能拼出四面十五块了，只剩下一块。这一块已经拼了好多年。不知道什么时候能拼出来。但有什么呢，即使是正常人，也有终身无法拼出完整的四面十六块的。

麦青侧过身，将小兔肩头一小片草叶掸掉，然后斜着脑袋凑到儿子的视野里说，小兔，那个女孩子你喜不喜欢，如果还喜欢，爸爸帮你娶回家好不好……那是儿子从前在特殊班的一个女同学。有时候小兔一个人出门，麦青悄悄跟着他，会看见他带着一些好吃的，去青年路，那个女孩家就在路尽头拐弯的巷子里。

小兔眼睛亮了亮，点点头，又低头玩起手里的魔方。麦青笑笑，这小子，还得有段日子才开窍。

他把目光撒进北侧的明湖，依旧那么清澈宽广，像小时候眼里的清水河。不过他们本就是一脉。变成工厂的明湖对岸现在又变了，变成一个宽阔的飞机场。和明湖肩并肩匍匐于大地，充满现代气息。清水街的清水河早就消失了，但水呢，都在，在明湖。那些河里水族的记忆呢，也在，同样在明湖，经年流淌着，和那些水草，荷叶，莲花与莲蓬，甚至那些鱼虾蟹蚌，都化为这明湖的血液，生生不息地浇灌着整个湖城，现在，他和儿子脚下的每一声虫鸣，每一根青草叶子里也许都流淌着远古而来的，从前的故事……

　　十年前的那一天，麦青决定去见家明，像决定去见另一个自己。然而他没有见到他。不，他见到了。家明躺在医院白色的病床上，已经深度昏迷。接近零气息，像一根枯萎的干芦苇，他是肺癌晚期，因为肺癌，他无法再照顾工友的儿子。那男孩十来岁，坐在床边，顶一头黄毛，一张傻笑的大嘴，扁鼻子，一双距离很开的鼓眼睛，生斑的皮肤和过分细小的四肢……看上去就像被什么人恶作剧稍微捏了一遍，有些变形和可笑……男孩手里捏着封信。

　　……麦青，我的朋友，你看到了吗，他叫小兔，你不知道我当时看到小兔，有多么震惊，那么多时间像忽然被剪掉一样，他像刚刚从那里回到我面前……那条河，它一直在我的梦里，发出那种呜咽，可我多少年都不明白，当我看到小兔时，我忽然懂了，它在跟我说话，它在说：你在哪儿走失的，我就在哪儿等你回来……

亲爱的小孩

一

　　小米迟疑了一会儿，走进院子。朱怡雯没起身，她正在院心摘菜。看见小米进来，略微愣了愣，便咧嘴朝她笑。上一次在上海见面，她说刚从南京料理完丧事。朱怡雯旁边，坐着一个头发花白的女人，正和朱怡雯唠嗑，抬头看到小米，一拎脚下的空篮子站起来。

　　"啊，到家啦，小米啊，长这么高了……她大姑，我先走了哦……"

小米忽然伸手拉住她："吴……舅娘！没事的，您再坐会儿吧？"不知怎么，和朱怡雯眼神对视的那一刻，一路汗热的脊背忽觉一圈凉水似的隔膜悄悄漫上来。

　　吴舅娘连声说不了，下回再来。

　　"累吧？"

　　朱怡雯已站起身，放下手中的菜迎上来，在围裙上擦擦手，来接小米的提包和挎包。

　　"还好吧？"

　　小米躲开，面上微微一红。她其实两手空空——挎包是随身物；提包里只有给自己带的两套换洗的内衣——她是认真着故意没给朱怡雯提礼物回来。

　　朱怡雯笑，抬起手背抚抚小米的脸，说挺好的，你先歇会儿。她很满意小米脸色红晕、身子轻盈的状态，心里高兴，轻快地端起盛摘菜的盆，进厨房忙去了。

　　一只脚跨进老堂屋，十五年前生着根似的气息扑面而来。小米瞟一眼，东厢房开着，她掉头往西厢房自己的房间走去。十五年前她还生活在清水镇的时候，就已经不再进朱怡雯的房间。

　　西厢房一切如旧：西墙依次排放着高低柜五斗橱；南窗台下是那张更泛白掉漆的栗色书桌，摞着几本杂志；床头栗色木矮几，蹲一盆正在盛开的白色雏菊；少女时代的小木床仍紧靠东北角，铺着十四五岁时疯狂喜欢的米色床单，叠着米色被套的被子，配她喜欢的米色枕头、枕巾和床围。小米将包放在书桌上，顺手翻了翻杂志，都是《雕塑家》。她脱下深灰色风衣与米色棉麻围脖，朝五斗橱靠北墙的一个小空当走过去。那儿有件家什，高高搁在一只方凳上，用一块旧窗帘虚虚蒙着。掀开一看，她心头一跳，是那只外公留下的专门放她当年习作的木箱。也已严重掉漆，但很干净。小米盯着木箱怔怔地发会儿愣，往堂屋走。堂屋的一角，并排放着几包冥币、金铂；老爷柜上外公外婆的照片镜框东西各一个，擦得很亮堂；堂下餐桌、凳子摆得整齐；墙壁上蜘蛛网也被仔细清除了一遍。一切都跟从前一样熟悉，但已无比陈旧，仿佛是从光阴中打捞上来的。

朱怡雯做饭的速度极快。半小时左右。也许是昨天就准备了。煨牛蹄髈汤，清炒虾仁，东坡肘子，清蒸黄鱼，油焖长豆角，香菇青菜，韭花鸡蛋，兰花豆，最后，居然提了一瓶蓝瓷洋河大曲与两只玻璃小长脚杯来，将那张小米和外婆吃了十多年餐饭的小方桌挤满了。

"又得奖了！恭喜你啊！"朱怡雯笑眯眯地拿起酒瓶，"来，庆贺一下！"她打开酒，将一只高脚杯倒满。准备倒另一只，却被小米拿过去倒扣在一边。朱怡雯看看小米，呵呵笑了，放下酒瓶，"女孩子不喝酒是好的……"将自己的那杯端起来一饮而尽。

小米夹了一块清蒸黄鱼，用心嚼，她最喜欢吃清蒸黄鱼。"你……身体还好吧？"她说。只为打破悄悄包抄过来的沉寂。她一点不喜欢朱怡雯喝酒的样子。

"很好啊！我在淘宝网定了一本《雕刻家》，你照片上的样子很好看，但没你人好看，呵呵……"朱怡雯说。

小米牵动嘴角，暗瞟一眼朱怡雯，她忽然发现朱怡雯的眼角下垂了很多，双眼皮不那么明显了，从前半月似的眼睛也变成了微微的大三角，只有那两扇浓密的睫毛还时不时蝶翼般扑闪着。

小米又夹一块虾仁放进嘴里："好吃，你手艺还那么好啊！"

朱怡雯再次倒满酒，也拿起筷子夹了一只虾仁："你喜欢吃就好！炒虾仁其实也简单，最重要的是仁要饱满、新鲜……"

沉寂终究挡不住，慢慢弥散开，和着牙齿咀嚼食物的声音。朱怡雯一杯一杯慢慢地喝酒，一只手挡住，一个微微仰头的动作，一杯酒就下去了，没有一点声音。她一直都这么喝酒。以前麦青老师来喝酒的时候，就夸过她，说她仕女古风，素手玉钟。

"你爸……身体怎么样？"几杯酒下肚后，朱怡雯夹一块蹄髈男人样豪嚼着说。她不在意小米滴酒不肯沾，似乎很惬意自斟自饮。

"听说腰部骨质增生厉害，在磁疗……我也很少去的……"小米说。她有些诧异，这几乎是朱怡雯生平第一次这样问起她的父亲。当然，这十五年里，她们也没见过几次。

"都老了……嗯，你看，清水镇变化大吧？"

"还好吧！"

"还是你外公外婆的老房子好，等你老了，就明白了……"

"嗯……"

菜吃得不多，慢慢凉了；谈话也像院子里的秋风，有一阵没一阵，最后间歇了。小米没跟朱怡雯抢着收拾碗筷，就如她并不是有意回避她的话题。她只是觉得生疏，小时候一直听着外公的怒吼、牵着外婆的衣角长大，她太多年不叫妈，不和她在一起生活，她们之间，更像是两个女人的关系，十分的微妙。

二

第二天醒来是一场秋雨。

东厢房电视的声音传过来。领导人在讲话，会见各国首脑，主题依旧是某国侵境事件。朱怡雯多年还保持这个习惯，一大早起来就开电视，却并不看，里里外外忙自己的。也许，一个惯常没有男人的家，这样可以弥补人气。

小米抱膝坐在床上，看窗外檐下淅淅沥沥的雨发呆。昨晚关上房门，她迫不及待地打开那个木箱。浓烈的霉味呛得她咳嗽了好一阵，引得朱怡雯过来敲门，问是不是感冒了。那里面，当年习作的木雕、石膏雕、石雕都在，经蚀十五年的时光，成了一堆时间的废墟。但所有的东西都在，确实仍不见那个青石小像。那年，她曾翻箱倒柜地一遍遍找，包括离开的十五年里，她每次回想，都坚定地肯定，她确实是放进小木箱了。那是她在清水镇最后一件作品，她整整打磨了一个秋天。

朱怡雯在做早餐。她发福了，穿着碎花睡衣，站在厨房的灶台边，整个人散发着厨娘的味道。女人离开了男人，像乡野一株疲沓的野菠菜，肥硕而慵懒，不再计较春来秋往，随遇而安地与时光一起泛黄。

"我出去一下。"小米撑着伞，站在院心说。

朱怡雯从灶台转过身来，走到厨房门口，望着雨中的小米，没说话，只点点头，垂着那张曾痴迷了整个清水镇的瓜子脸。一点不错，拉开距离看，朱怡雯的脸和人整个地在下坠了。麦青老师说过，岁月争不过地心引力，无论绘画还是雕刻，都要牢记这一点，每个人的脖子上吊着一驮沉沉的光阴，会穿过心脏，一年年把眉眼、腮帮、嘴角、乳房甚至屁股尖一点点坠弯。你的笔和刀锋永远要跟着那驮光阴走。

巷口对面，是一座很老的水泥桥。秋雨一刷，桥有了穿越时空的况味。这桥叫红旗桥，光看名字就知道它的年纪。它还是外公年轻时的建筑呢。那辈人，有狠劲儿，一座桥建起来一用也能半个多世纪。当年，清水中学的校花朱怡雯和麦青刚闹恋爱的时候，桥就很不年轻了。

不过这桥执拗地存在，也许另有玄机。清水镇人说，外公与麦青父亲麦队长，年轻时候在这桥上争过一个女孩子。结了子孙仇。那女孩是谁？外婆？还是麦青老师早逝的生母？谁知道呢！而这桥，它其实早已不再具有桥的意义，它身下那条悠长的需要它缔结两岸的河流早就干枯了，两边填平建了房屋，只剩下这桥身下巴掌大一块干河床，堆满垃圾和杂草，与通向清水中学和村庄的那条路连成了一体。它像小米的木箱，是时间的废墟。

新砌的清水中学，是旧址上翻新的教学楼。离这头红旗桥与朱怡雯的院子不远，也离另一头三庄里麦青老师的家不远。算起来，他们三个还是校友，只是她在这里只读了两年。朱怡雯读了三年，只有麦青老师读完了六年。

看门的老人不认识小米，不让进。

小米说了几个老师的名字，包括麦青老师，老头都说不知道，不在这里了。

"我找校长……"

"噢，你找赵校长啊？"一张脸皱得小干枣似的老头欢快地说，"你跟我来……"

"那个不用了，我自己去……"

一眼扫过校园的东北角。空了，那幢十五年前她在其中一间雕刻成那尊青石小像的简易的教师宿舍，已经换成了一片生机盎然的紫藤长廊。

应该有间雕刻室。那年"岁月杯"，她在雕刻界首次获奖，奖金一拿到，立即匿名捐赠给了清水中学，条件就是这个。她想着，一定要在清水镇，辟一处独立的雕刻工作室。不然，麦青老师的雕塑，将一辈子窝在那间小小的单人宿舍里。

雨淅淅沥沥，裹着秋风，将风衣、围脖、长发一遍遍撩起，翻飞着无尽的失落。图书楼的二楼，小米找到了那间工作室。门开着，没人。蛮大，空空乱乱，一角堆着体育器材，一角十来尊人像雕塑，灰尘扑扑歪歪倒倒地堆积在一起，其余部分，都做了美术生的场地。那些雕塑其中一尊，是小米的作品，一个沉思的年轻雕塑家形象。这十来尊雕塑是她当年和那三十万一并捐赠过来的。

小米弯腰，捡起墙角下一支扔掉的油画笔。笔头的油彩结成了彩铅般的块，坚硬无比。那时候，除了雕刻，她也画画。麦青老师说，每个雕塑家都首先是个画家，因为只有先学会处理绘画的软线条，才能将雕塑的硬线条变软。她就认真地画画，但都是素描和水粉，还没来得及涉足油画。

"你好，请问……"一个头发花白的老人出现在窗台边。

"哦，我……"小米心中一跳，赵品如老师！人可以变得如此苍老？十五年，将一个健壮的体育老师，缩成了一个干瘪的小老头。

"我，找麦青老师……"

"哦，他啊……"

"赵校长——！赵校长——！"楼下有人大声喊。

老人走到走廊的栏杆探身看，大声回答："什么事——？来了——！"回头朝小米笑笑，"你看吧。"掉头急急又蹒跚地离去。

原来他就是校长。没认出小米，对她慈祥客气，眼神却满满的陌生。

从清水中学的大门出来，风大了起来，吹跑了雨云。小米仍撑起伞，和秋风作着抗争。

三

朱怡雯像一尊废弃的雕塑，实实在在从一个当年的美少妇退化成胖胖的老厨娘。只知道做饭，每顿饭都那么丰盛。最少不了要做的，就是煨牛蹄髈汤和炒虾仁。那时候麦青老师来吃饭时，喜欢吃这两样。但小米吃不了多少。

"你不要总喝酒！"再看见朱怡雯端起酒杯，小米伸手夺下。

"没事，人老了，喝点酒疏通筋骨！"朱怡雯嘿嘿笑，瞟着小米一会儿又悄悄伸手，拿回去。

她现在的样子，谁能相信她曾搅过那么大的浪？那些舅舅们，他们一抱起几岁的小米就说："知道你妈多漂亮啊，指削葱根，口含朱丹，真正的美人坯子……"

"你这叫喝点？"小米动静蛮大地起身，舀了一碗鸡丝海带汤，几口喝完。放下碗，去房间躺下。

手机上一大串留言。系里，学生，还有白军。他问她：你在哪？还好吗？小米长按白军的对话头像：删除该聊天。

朱怡雯端一小碗米饭，夹了点蔬菜和清蒸黄鱼端过来，站在小米的床头，朝小米伸手递着："再吃点吧，你太瘦了……吴舅娘家种的蔬菜，昨天送来的，你多吃点，绿色的……"

小米心里莫名一热，没拒绝，乖乖地坐起身接着，一口一口吃完。

朱怡雯笑了，细密的皱纹像拉长的橡皮筋，一根一根紧绷着浮出来："我会少喝点，我就是怕像你吴舅舅呢，筋络不通，中风了，可苦了你吴舅娘，儿女又都不在身边……"她说着，起身去收拾碗筷。

"那……"小米心头一动，叫住朱怡雯，顿了顿说，"吴舅舅他，怎样？"

"能怎样呢，半身不遂！"

"那我去看看他！"

说着，下地套了鞋和风衣，没来得及听朱怡雯回的什么话，拎起包和围脖，一阵风似的刮出了巷口，来到镇上的一家小超市。镇上的超市没几样商品供选，她也不擅长买礼物看病人，只挑了几样贵的，付了钱拎着就走。

红旗桥千疮百孔的水泥栏杆在秋风里已经收干了秋雨，愈发灰白斑驳。秋风可真是烈。小米站在桥上，一瞬间有些恍惚，该说些什么？就像要揭开谜底的心情，叫人心慌，又那么期待。明天，或者后天，她就得走了。系里请了国外的雕塑家来针对她上次的获奖开讲座。关于雕刻的事，她不能不参加，那是她唯一的稻草。除此，她三十岁的年华多么苍白。朱怡雯打电话，告诉她外公忌日快到了，问她回不回清水镇的时候，她好像一颗飘摇的种子终于嗅到了泥土的味道。她好像已经等这一刻等了十五年。就这么匆匆忙忙离开，那她还来做什么？再也不要像那年一样，突如其来的变故，一夜间一切都被打乱——朱怡雯远嫁，她转学，远离清水镇，从朱小米变成宋小米，去从未谋面的父亲的家生活、读书。她甚至没来得及和麦青老师打个招呼。在那个陌生冷漠的家，一住就是四年。那四年里，她的孤独野草般生长，她像溺水一样抓住雕塑和绘画，拼命学，以抵挡蚀骨的思念，与对朱怡雯一天天植物样长大的怨恨。

"你多吃点！""睡觉盖好被子，天凉呢！""平时吃饭，不要应付啊！""热水器给你开了，你等下记得去洗澡！"……从昨天中午回来到现在，基本都是朱怡雯说话。她只"嗯"一声。她连一分钱礼物也懒得给她准备。但她包里有张十万块钱的卡，是给朱怡雯的。可钱能替人表达什么？只怕会像还债，加倍延续某种时间上的冷酷。总之，如此浅疏的母女情缘，她不需要看她，她是为外公的忌日来的。

小米终于想好了——无论如何，她不再回避，绝不！

穿过清水中学，有琅琅书声。中学是一棵结蕾的树，稚嫩的喧嚣里深埋着青春的爱与沉默。

前面就是三庄里。路过麦青老师家的门口，就是吴舅娘家。吴舅舅那时在镇上专业炸爆米花，做米花糖。小时候，她常去他们家吃。可能还见过病恹恹的麦青老师的父亲，朝她瞪过眼。只是那时她什么也不知道，十几岁才懂得去想，吴舅舅姓吴，朱怡雯姓朱，却成了她舅舅？这问题，长大后她才想明白，镇子里让她叫舅舅的多了，那些喜欢抱着她跟她讲她妈年轻时多漂亮的舅舅，都是朱怡雯的仰慕者，娶不了喜欢的女人，就退次为她女儿的舅舅。

只有麦青老师，像块磐石，执拗地留在朱怡雯的绯闻里打坐。无论是上学，还是初中毕业朱怡雯被外公逼着退学，一气之下离家出走去了南京打工，抑或他自己读完三年淮安美专回来，甚至世上都有了不清不楚的小米，他还是死性不改，一个人在清水中学的宿舍里一等好多年。

而这一切，都是在那个变故前的夜晚，朱怡雯跟她说的。

四

小米几乎找不到从前那个吴舅舅的影子了。那分明是个行将就木的老人。而吴舅舅，两眼茫然，口角流着黏涎。吴舅娘说，他谁都不认得，只认得吃喝。大小便也不知道。小米并不打算也不知道怎么去安慰这两个可怜的人。她的心情在来的途中就猛然坏了——麦青老师家所在的那幢红砖青瓦的老平房不见了，她看得很清楚，拆了，满地残垣荒草。

"吴舅娘，那个，他们家……人呢？"小米声音有些含糊。

"谁啊？"

"麦青老师家……"

"哦，走了。你坐着，舅娘给你做好吃的……"

吴舅娘欢欢喜喜朝厨房去了。

小米讷讷地。一抬眼，那个满脸沟壑的老人，正看着她。也许他因为中风，看，成了瞪。就那么直直地瞪着小米。

走了？是什么意思呢？小米眯起眼……

那年，记得刚上初一，第一天上美术课，一个身着米色衬衫的老师进来，给他们上课。

"朱小米！"他说，"谁是朱小米？"

小米满脸通红，茫然站起来。"我。"她听见自己的声音小得像蚊子。

"朱小米，你愿意做初一（1）班美术课代表吗？"他说。一口洁白的牙齿，金色的阳光洒满他的肩膀，他的身后，似乎还开着满树的花。

就是那天，就在那天，小米看见了花开。

那时候，外公已经过世。外婆带着小米继续在清水镇的老宅子里生活。朱怡雯是小米上初一前的那个暑假回来的。看起来依旧是漂亮。长成少女后第一眼看朱怡雯，小米就在心里叹口气，她作为这个女人的女儿，竟一点没得到她的妩媚。她的样子，人家也说好看，但是都加两个字，冷艳，酷似那个那时她还没见过的生在江南都市的姓宋的父亲。她为此心生自卑。

幸好朱怡雯很忙，回到镇里不久，就去镇外一家电子厂做了文员。每个礼拜六晚上才回来，礼拜天下午离开。

小米开始拼命画画。她从小在外公外婆寂静的小院里，就靠绘画为伴。外婆总说，妈妈忙呢，妈妈在外面挣钱呢。"爸爸呢？"小米问过外婆无数次，从没得到回答。

"小米，老师教你画画吧！""小米，你有很高的绘画天赋知道吗？""小米，这些是我托人买的绘画书，你拿去临摹。"……

麦青老师，他几乎和朱怡雯一起走进她的生活。但那时她并不知道他就是和朱怡雯——那时候她还叫妈——有染的人。

但朱怡雯成了影子，麦青老师才是她的皈依。他教她绘画，带她去乡野里写生。还将自己雕刻的作品送给她。当她迟疑着跟他说"我想学雕刻"的时候，他惊喜得仿佛遇见什么天大的喜事一般，一把将小米抱起来转圈。

　　"米，你是上天派给我的小天使……"

　　然后转身去给她买了书和刻刀，给她各种雕刻的材料，教她怎么从一个萝卜雕起，怎么能将石头雕刻得跟萝卜一样圆润、得手。在她小有收获的时候，他还特地买了菜和酒，来家里的小院，让妈妈做菜庆贺。她还记得，那个有月光的夜晚，他带她去他的宿舍，端坐在他小小的、堆满雕塑品的小屋，给她做模特。就是那天晚上，她刻成了那块他出差时候给她带回来的小青石，她让它变成了一种信物。他拿着那尊小像，一脸欣喜："米尔曼说过，冰冷的大理石使神恢复了生命，老师想告诉你，雕刻，使破碎的人生有了神的爱……"

　　吴舅娘端一碗鸡蛋姜茶："来，喝点姜汤，女孩子要多吃这个的，你妈不靠着，你难得吃到……"

　　鸡蛋姜汤辣得嘴疼。小米龇牙咧嘴擦眼睛，笑说太辣了，从包里掏出手机："吴舅娘？"

　　"嗯？吃啊丫头！"

　　"吴舅娘，那个，麦青老师家人呢？"

　　"走啦，快吃啊，不然凉了……"

　　小米龇龇牙，默默叹口气，看手机。

"吴舅娘，有朋友找，我先走了……"

逃也似的离开了。

久久地等待着，又忍着辛辣勉强吃了好几口鸡蛋姜茶，就为等着吴舅娘回答。可，再也不提。只在她面前晃动着她身上那股浓浓的岁月。絮絮叨叨，拉呱的倒不少，但都是些什么呢？都是朱怡雯。"你妈呢，那么多年在南京城里给人做家政，挣钱给你交生活费和学费……你那个父亲啊，真是浑蛋，有妇之夫祸害一个大姑娘，你妈被他毁了一辈子……哎，造孽啊……"

秋风依旧，来时还干爽的天又下起了毛毛雨。小米边走边发愣。做家政？十五年？她不是嫁人了吗？嫁给一个退休老头，每个月给上千块零花钱，最后还允诺一笔养老钱？

五

朱怡雯站在西厢房门口，看收拾行装的小米。其实没什么收拾的，只有两套换洗的内衣。秋雨连绵，回来这几日天天下雨。朱怡雯这里的洗衣机还是外婆在世的时候买的，没有烘干功能，小米将内衣装在一个小塑料袋里不打算洗了，朱怡雯不知道什么时候拿出来，都一一洗干净，用吹风机吹干，叠放在枕头边。

"系里有事，我等不了外公的忌日了……"小米说。

"我知道，没事，什么时候再回来？"朱怡雯说，一只手扶着门框。

"再说吧。"小米低头，从包里拿出那张卡，递给朱怡雯，"少喝酒，多吃点营养品，出去走走，钱我会定期朝这卡里打……"

朱怡雯接过卡，笑笑，点点头。依旧扶着门框，保持着苍老的姿态。

"我走了。你呢？"小米像来时一样，挎着挎包，提着提包。

"我不走了。"朱怡雯说。

小米看一眼朱怡雯。"哦。"她抬脚，从朱怡雯的身边侧身出门。看来吴舅娘没骗她，她在南京真没有安身之处。

秋雨不知什么时候停了，太阳出来了。小米等在院心，看朱怡雯抱着一个精致的小木盒出来。

"米，你什么时候……结婚吧！"朱怡雯说。

小米看着她。

"妈要结婚了，和你麦青老师。"朱怡雯又说。

小米愣住，满脸为离别酝酿的淡淡微笑可怕地僵在脸上。

"这个，你要不要带着？"朱怡雯仿佛什么都没觉察，打开木盒，"这个青石小像，还是你十五岁那年刻的，放在我房间很多年了……"

六

车启动的那一刻，小米回头，她看见远远地，朱怡雯站在秋风里，沥青马路的空阔将她的身影映衬得格外地小，也有一米六五的个头，这些年又胖了许多，怎么就这么小了呢。

手机上依旧留言纷纷，白军的最多。她打开他的对话框，打出一串字：上车了，马上回家。屏幕忽然跳出加微信好友的请求。是朱怡雯。真是好笑，她们母女一场，信息通畅无阻的当代，这么多年一直不加 qq，不聊微信，像两个血脉相通却隔着时空存在的生物。

朱怡雯发来好多青石小像的图片，全方位的。小米一张张看，那晚从麦青老师的宿舍回来，她在小像背面刻下的两行小字怎么不见了？她放大图片，看到一点点不太清晰的刮痕。也许不是刮痕，是年深月久，字迹自己糊掉了。又也许，从来就没有过。

"致我深爱的青：如果世界上有一万个人爱你，那里面一定有我，如果世界上只有一个人爱你，那人一定是我，如果世界上没有人爱你了，那一定是我死了！"

也许，一切只是一场少女梦里的呓语。

一段话跳了出来："米，艺术家都有处女作，这小像就是你的处女作。你不便带，妈代你保存。下一次来，去看看他，你的老师，其实你已经看见，你昨天去看的吴舅舅，麦青现在的状况，和他一样，中风了，在养老院。你给我的钱很及时，等你外公忌日后，我打算用这钱布置新房，然后接他回来！到时候，你回来吗？"

国道上沥青马路有许多地方年久失修，坑坑洼洼，使汽车不经意一阵颠簸。泪就在这颠簸中滴在了手机宽大的屏幕上。

小米擦擦眼睛，蓦然回过神，朝窗外看去。秋天的道旁，一大片果园。果子通红诱人，叶子却在风里飞雨般飘摇。

可为什么，小米的心忽然轻盈起来。因为她发现，她的母亲，耗了十五年的时间，终于还给她一个完整又完美的家。

谢 幕

一

老魏打呼噜，带有轻微的口气。她翻身背对着他。目光所到之处，都是肮脏得垃圾一样的油画。她垂下眼皮，看地上振动的手机，它和一堆小物件从一只粉色包里跌出来，人仰马翻地躺在地上。

她欠身抓起手机接听，我在参加一个活动。不等对方说话，挂了。

发了阵呆，她起身穿衣服，在地上翻出一把小牛角梳，将乱糟糟的卷发梳顺，又捡起一只小圆镜照照，用手指一缕缕绕，把蓬乱的长发仔细打成卷儿。

老魏翻身从身后抱住她。她掰开老魏的手。

他垂着脑袋，翻眼朝她望，迷迷糊糊一脸颓废。

问了没有……他说。

她打完卷，拿化妆盒对着镜子补妆，完了弯腰将地上的小物件一股脑撸进阿玛尼挎包。没回话呢。拎起包往门外走。

门外拐道弯是条巷子。幽暗狭长，安静得像一截肺管。她调整了下表情，戴上一副超大墨镜，一边往巷口走去。

盛源别墅十八幢，海建像她出门时那样坐在轮椅上，斜着身子，瞪着眼歪着嘴，嘴角一线新流下来的口水。慧阿姨在打扫卫生，像每一次艾薇进门那样，只掉头朝她看一眼，算是打了招呼。她是海建的专业常驻按摩师，卢家一个近门亲戚，不太说话。不过人还算不错，除了按摩，周末保姆不来，她也会勤着做点家务。

沙发上堆着许多婚纱，小山似的。

薇姨——！卢珊珊雀儿般从房间里飞出来，嘟起嘴挽起她的胳膊，你回来啦？爸爸刚才可闹了！她在为之前不屈不挠打她的电话作解释。近半年，她态度的转变可真是惊天动地地大啊。

薇姨，我要结婚啦！卢珊珊说。

她扭头看搁在肩膀上女孩漂亮的脸。那好啊！她由衷地高兴，拍拍女孩的脸蛋，顺手在茶几上拽了片纸巾去给海建擦嘴。定在什么日子？咱们隆重操办一下？

是这样！慧阿姨难得来插话，珊珊说你照顾海建太累，婚事操办就托付我……

她笑，海建晚饭吃了没？

慧阿姨哦一声，转身去厨房，端来一碗营养粥。

艾薇去阳台拿来一条白毛巾，拉把椅子坐下，用白毛巾围住海建的脖子，接过粥，开始喂海建吃饭。海建的左嘴角因为深度中风，基本失去自主力，往一边歪垂，盛不住汤水，要一小口一小口耐住性子喂。不说话，且智商只剩下三四岁的人现在除了喘气、咀嚼吞咽、瞳仁偶尔转动，只认身边这个最亲的人，连抠大便都只要她来做。

卢珊珊站在镜子前试婚纱。她把粥一勺一勺往轮椅里的男人嘴里喂，十二分用心。半年了，她每次从老魏那里回来看到海建，心里都五味杂陈。卢珊珊那点小心思，她一肚子明白，可他哪里还能闹起来？他现在要是能跟她闹一闹，该多好啊。

薇姨，好看吗？卢珊珊穿了一件奶油色无肩束胸的。

她一勺粥举到海建嘴边，停下点头，认真地觉得好看。这间屋子，这个客厅里，这面镜子前，试婚纱的女人真好看啊……好多箱子，每个打开，都藏着一片云朵，每片云朵都带着她飞起来，海建说，出门穿什么，进酒店穿什么，婚礼穿什么，礼毕敬酒穿什么，我都一套套备妥了……他呼出热气像她的心跳，附在她脖颈和耳边，宝贝，等这么久，我要让所有人知道，你是世上最幸福的新娘……

他……呢？她将那勺粥送进海建的嘴里问。她还不知道新郎确切是哪一个呢。这三年，踏进这座别墅的男孩真多，个个真刀真枪。卢珊珊开放，更因为她是个只相差十岁的后娘。那时候她们还势如水火，女孩大肆兴风作浪，隔三岔五在房间里弄出让她发疯的声音。直到有一天，她冲过去狠狠踹门，踹到里面的人开了门，披头散发地和她怼着，大笑着说那干脆开着门干。

他说今天家里有主要亲戚来，商量明天婚礼议程呢。卢珊珊换了一件淡粉色貂毛领婚纱，对着镜子摆 pose。

明天？都准备好了？她愣愣地端着碗。

都准备好了！慧阿姨说，卢家这边的客人，我都请人发了帖子，海建圈里的朋友，珊珊请了，还有……

我妈那边，我自己递了帖子，薇姨，我想跟您商量一下明天的事！卢珊珊过来，抱住她的胳膊，明天，爸爸上台没问题，但有一个父女拥别的仪式，到时候他不能下轮椅完成，您代替他可好？

她头皮一紧，怔怔地，爸爸……也去？

是啊！卢珊珊表情忧伤，薇姨，爸这样也三年了，我们得替他选择面对现实——他总不能这么躲着一辈子！再说婚礼上，我想收到您和爸爸的祝福呢！我和爸爸现在一切都依靠薇姨呢……卢珊珊那双目光晃动时，是十分酷似她父亲的。

她颓下来。半晌，深吸一口气，笑笑，摸摸卢珊珊脸蛋，行！只要我们珊珊高兴！

卢珊珊终于试好了婚纱，很满意。她再次将下巴搁在艾薇的肩膀上，还有件事，薇姨，我用了你和爸爸的房间做婚房，反正你们也不用了！

那是这幢别墅的主卧，在二楼，宽大气派，带有一个样样俱全的豪华大卫。在以前，这是她和海建的天地，关上门，能将卢珊珊刀刃一样的目光连同整个世界关在门外。但现在，那个可以施展手脚的大卧室，却令她害怕，关上门，就像拔掉氧气管，每个关门的瞬间，都莫名窒息。加上海建坐上轮椅上下楼严重不方便，她早已经调了房间，跟海建一起，搬到一楼。

好。

她没抬头，一心一意喂海建吃饭。记不得多久没上楼了。有什么呢，心底最紧的那根弦松了，其他更不重要了。

啵！那就这样说定了，明天晚上，天鹅湖大厦甲座。卢珊珊高兴得居然亲了她一下，去房间，关上了门。

海建不再下咽，喂进去的粥依样从左嘴角流出来。偌大的别墅静得只听到勺子偶尔碰碗的小小清脆声。这个曾人中龙凤的男人，这个曾富甲一方的卢家，只剩下这幢空旷的别墅，一种凄冷的奢华。她和他也有近十年的日子，怎么就没个一儿半女！

慧阿姨影子一样飘过来，整理那些试乱的婚纱，又来接她手里的碗。她懒懒地推上海建，往他们房间走。

二

差点都要忘记那场婚礼了。如果成了，她现在应该是什么样子呢？

如果父亲和母亲不软硬兼施，她有一天也会像卢珊珊这样终于闹够了主动成家吗？可他们真着急啊，像急着送一尊瘟神，到处托亲说媒。后来居然真找到个她愿意见碰巧也愿意处的男孩。个头略矮，会使殷勤，十分愿意娶艾薇，还是有正经工作的老师。这样天大的好事，做父母的感激涕零，二十七八的大姑娘不嫁人，往前些放在他们那个年代，连爹娘早一同被口水淹死过几回了。

可他们不知道，艾薇自己也不知道，她的心里到底想些什么。到了婚礼前一天，她嘴里还含着一口饭，忽然说，我不结了。四个字，将那对可怜的夫妻吓得目瞪口呆。然而他们早已领教了，别侥幸这闺女是说着玩的，也别顾自己有多愤怒，都放一边，赶紧想办法，他们这对老老实实做人的小公务员，想不明白哪一世作了孽，生了个心里养了一头野兽的女儿，说出来的每个字都杀气腾腾，他们除了拼死防御，说什么都是白费。

所以那场婚礼前夜如临大敌，父亲和母亲二十四小时轮流守在身边，只等她从礼仪公司的化妆室里出来，坐上等在门外的准女婿的婚车，驶向婚礼现场。他们已经认了，管不了了，只管这场婚礼，只要交换了戒指，送完了宾客，哪怕直接去离婚他们也不管了。

然而化完妆，艾薇说头疼，要歇会儿，她母亲等得憋不住手里捏着钥匙上了个厕所。然而从卫生间出来，她瞪着空空的化妆室，将手里的钥匙拎到眼前瞪着，大房间套的小卫生间，她进去还不到半支烟工夫，人呢？她魔怔了，呆呆地望着一边脸色煞白的丈夫。他们像被一场舞台上正在上演的恶作剧惊到了。

三

那舞台，在一个旧仓库里。灯光雪亮，一个长发女孩，一身华美的衣衫，跪在地上，微垂眼睑，双手交叠盖在私处；她身边一桶研成粉末的干土，一把剪子；旁边一群貌似观众的人，一个个鱼贯上前剪掉一小片女孩的衣服或头发，再抓一把土随便在她身体或脸上涂抹。随着时间的推移，女孩被剪成秃子，衣衫褴褛，尘土满身，最后只剩下那双交叠掩护着私处的手。

雪丽张开一件披袍飞奔过来紧裹住艾薇，张着嘴巴，满眼泪光，用手去摸艾薇的头发，你的头发，真的被剪掉了？

不是，是假发，模拟的！耳边一个男声，是那个长着女孩子般好看弯曲的扇形长睫毛的男孩，酷似红极一时的林志颖。玛丽娜·阿布拉莫维奇的 *Rhythm 0*（《节奏0》）、小野洋子的 *Cut Piece*（《切片》）看过吗？那是真的，我这个是模仿……

他叫明俊，高二学哥……艾薇说，脸转向男孩。她目光不离男孩的脸，满目尘埃里伸出阳光一样的笑，只要明俊在，她的身边便长着一束永恒的阳光啊。

没有人知道那一年，艾薇的灵魂飘出体魄，早已蒲公英种子一样，降落在《时间》作者的生命里。他们认识时，他前一个作品已经在美国一个叫 Body Art（身体艺术）行为艺术创作比赛中获得一等奖，被活动承办人看中，成为优先录取进他们学校深造的资本。

艾薇的梦从明俊的《时间》，开始野草般疯狂生长，直到离高考愈来愈近班主任通知，父母才知道，他们一心引以为傲的数学尖子理科生的宝贝女儿竟瞒着一家人，换报了美术小科。

父母惊呆了，你居然自甘堕落到这种程度，你居然以为这种烂艺术真有什么名堂，你真是……

艾薇睥睨众生的姿态，你们有什么权力干涉我的选择？你们懂艺术吗？我觉得你们还是先学会怎么尊重人权……我就要学美术，我还要去美国，专攻行为艺术……

可艾薇最终却没达成。不是父母原因，他们根本无力阻止；也不是她自己的问题，认识明俊的这两年，她早已将自己的笔磨成了血刃。

是她的心忽然长出了一个洞，空空地穿风过雨。明俊第二个作品《时间》为他赢得免考的机遇，他唯一需要的就是去美国的大笔的生活费。

艾薇站在那个废弃旧仓库的简易舞台下。人散了，当初拉电用的插座还遗忘下一根，拖着长长的尾巴摊在灰尘里，像已与世长辞；台下有几张断腿的凳子也被遗弃了，和那插座相似长眠不醒的样子。她看舞台上空，那场曾经轰动一时的《时间》

消失了，那群"艺术家"的欢呼成了幻觉。只有她，像路边被用过又丢弃的一次饭盒。明俊说，他父母都是乡下上来的打工仔，他们家很穷。所以不是他选择雪丽，是命运选的。然而只因为钱？她后来分明听说，他们很早就认识了，早在她给雪丽介绍他之前，早在她勇敢地去做那个《时间》的主角之前……她茫茫然然学会了翘课，躲起来睡大觉，和不良社会男孩疯玩，当大家抱着通知书或新打算奔赴未来时，她埋进了淮安城父母给的最初的家，不恋爱，不工作，不和父母交流。后来，她重新拿起画笔，画一些谁也看不懂的画，又交了一帮艺术朋友，白天黑夜跟他们出去搞所谓的"行为艺术"。

再后来，她成了剩女。

四

老魏愤怒地推开她的手，我只不过缺个漂亮脸蛋！什么风格不对！狗屁！哪块蛋糕不是靠奶油？哪个美女不是靠胭脂？看不上老子，因为老子是个邋遢的老男人……

她像看一头困兽般看着老魏。这个男人，对成名成家孜孜不倦已经走火入魔。可她帮不了他。他们不答应。而她也早想告诉他，他成不了猎物，他只是一个错过赚钱、错过婚姻，甚至错过恬适人生的画匠，他不知道自己与油画相隔几重山。一个看不见山的人，她说什么呢。何况，她自己也多年不动笔，艺术和一切惊天动地的爱情像流星一样，在她生命里纷纷陨落，连同对男人的口味，她现在就是个堕落的时不时渴望偷欢的中年妇人。她只剩下性欲了，只渴望抱着一个活蹦乱跳的身体。

过来！

她看他。老魏不知道什么时候已经将自己剥成一粒花生仁。她没动。他走上前，一把捞过她，将她抛在那张窄得像根扁担似的床上。她顺从地躺着，这颗花生仁，现在已经成了一团熊熊的火焰。使他燃烧的，绝不是她。但他想将她一块烧成灰烬。他们一样。她哧哧地笑。她现在渴望化成灰烬。海建完了，她依旧，依旧是淮安艺术圈内的名角，每年各种文化沙龙、艺术现场、包装新人的仪式都少不了她。她是海建的一个包装成品——著名的印象派油画艺术家——东方后行为艺术印象派油画家，专门画根须蛊虫一样延伸在山体内酷似男性雄物的大树这样的油画，他们少不了她这样的名托，名利场就是一根藤，所有包装人的和被包装的人都是这藤上的纤维，即使枯毁，那股曾经的力道总是可以用来增加藤的粗壮结实……海建包装的她这个大红大紫的成品，怎么可以忽略。她相信，如今淮安城，绝对还有许多人家在小心珍藏着那些连她自己也无法说明白的画。只是他们不知道，她现在早已落草为寇成了一个伺候重症中风病人的保姆大妈，每天像偷情那样掩盖着自己的现状，又时不时像绕着丈夫的眼睛一样绕着家人与媒体的眼睛去和一个穷租房里落魄的老男人偷情，他们兴许还在等着她的名气继续膨胀，忽然一夜间冲上山顶，令他们拿出她的画来时，一拍就掉下来数不清咣咣响的大金子。

你跟我，为什么？

花生仁忽然怔怔的，他的烈火已经点着了她的每一寸肌肤。

你呀！

她用手拽拽他的胡须，闭上眼。她现在，名利双收，海建为她单独收集的古玩字画足够她和他奢侈地颐养到死。所有活着的时间，不用担心缺吃少穿，就用来等，等死。在这过程中，掩着耳目找男人做做爱，聊聊天，都可以，表示自己还是个活的，要不然她会常常闻见身体上不断散发出的腐尸的气味，和海建屁股上那块褥疮一样，一寸寸在腐烂。她没有海建的优渥，有她头脑清醒能哭会笑地每天陪他给他换洗整理，她身上的腐烂从里到外，没人看见也不能给人看见，像一个烂心的苹果，里面全黑了，外面还那么光鲜得拿出去就能卖个好价钱。全世界没有一个人再路过她的内心，没有人会发现并为她的病情做一点点的治疗，包括她自己。

花生仁的火焰不知怎么又熄灭了，忙活了半天，那家伙一点没起色，像垂着一截秋后的蔫黄瓜。他松开她的乳房，跪在她两腿之间，愣愣地瞪那丛裂谷。忽然问：

听说，他，你男人是在跟你做爱的时候中风的？

她动了一下。她听到一座冰山跌碎的声音，然后那些碎得玻璃碴似的冰屑俯冲一样飞起来，像钉子一颗颗丝毫没浪费地全部嵌入她的身体。她冷得脸色乌青嘴唇发紫。

她起身套衣服。她今天真不该过来。

老魏还跪着，一把从后面抱着她，用他那有轻微口气的嘴呼着热气，不是，我是说……你生气了吗？我们搞艺术的，你还忌讳这个？

她吐出薄荷味的笑意，搞艺术的，你也配。她现在真是不挑啊，是个公的就上床。

她掰开他的手，我们家珊珊今天大喜，我这个做后妈的，帮不上大忙，怎么也不能不见人影吧？

老魏的泪已经下来，愣愣地瞪着眼……真不生气？

真的。

老魏的泪滑到胡子上。

五

家里没有人，像座空陵。手机上有卢珊珊发的短信：薇姨，我们先去了，礼服在你的房间，早点来啊！

她进房间，在宽大的壁镜前坐下，像是第一次发现这面镜子一样盯着它。是谁设计的？她不记得当初海建给她看的图纸上有这面镜子。仿佛专门为她今天准备的——这么大一面镜子，足以将她的半生连同背景都装进去。

礼服很合身，也很华贵得体。她化完妆重新坐下，端详镜子里的人。过了这个年，就登四奔五了，被这世界每一个夜晚死死折磨的女人的青春早已从眼神里枯萎，连同她曾经丰沛热烈的子宫。她睫毛一动，落下一阵碎珠。

她和海建，曾是一对羡煞多少鸳鸯的比目鱼啊。那会儿，她正混在各种团体艺术圈里，逃婚，和父母反目，自告奋勇做那些"行为艺术"的免费演员，直到那次朋友搞艺术展览，偶然遇见海建。他站在她一幅作品前似笑非笑，偶回头看见她，愣住了。她微笑着，不知情般装着路过。她那时候并不知道，这个人就是好多人嘴里神手通天的文化掮客卢海健，更没想到，他竟以为下一刻就世界末日了似的，展览还没结束，就约她去他的私人会所喝咖啡。而她，居然也没有拒绝。他哪里像传说里的那个赫赫有名的猎头，倒像一个趔趄跌入爱河的慌了神的大男孩，那年，他比自己今天还大几岁吧？后来的后来，一切水到渠成，他们之间，就好像彼此并不是来参加画展的，而是约好了这个钟点来相见的。

那是多美的一场相遇。至今她还是这么认为。虽然为后来的婚姻，年届三十的她等了将近五年。

只是，她有个遗憾，她最终没见到那个她。只知道叫白慧珠。她其实很想见见她，除了想让对方彻底死心外，还有点别的，是什么，说不上来。

至于白慧珠与海建的往事，她当时不在乎，之后也没了兴趣。但海建中风一年多后，一个沙龙里朋友聊天时偶然跟她透露了。说海建是独子，出生在淮安乡下一个偏僻的村子里，父母早已经去世。白慧珠是富裕人家出身，和海建是自由恋爱，海建发迹前，一直都是白慧珠养着。白慧珠知道艾薇后，曾自杀过两次。被海建救活后走了。去了哪里不知道，没人再见过她。

六

婚礼不一般的隆重，人山人海。那帮海建的老朋友们真是义气，全来了，主持的主持，迎客的迎客，热热闹闹有条不紊。她站在大厅里有些心慌，她的目光在找海建。

慧阿姨笑眯眯地推着海建过来。她的表情猛然痉挛了一下——心里已经准备，人人也都知道海建的现状，但她仍觉到一种羞耻的被裸观的感觉。

她捋捋心绪，微笑着接过轮椅的把手。海建歪斜的身体被塞了东西扶正了。他刚才被推去化妆了。行头不错：新藏青蓝西装，刮了胡子妆了脸色喷了发胶，只剩那副僵死的表情和那张使劲下垂侧歪总有新口水下来的嘴还那样。

平静的婚礼音乐换成一曲海潮声，像人的心底。艾薇扶着海建的轮椅，庄重地立着，微笑，跟往来所有熟悉的朋友熟人们打招呼。她的笑看起来依旧像从前和海建肩并肩时，她所自然流露出来的那种笑。她爱海建，一直都爱。可为什么她惴惴地一直在担心，自己的笑会不会像一束扎出来的绢花？

新郎捧着一束花，微笑着从红地毯上走到大厅的舞台正中花门里。音乐换成梦般柔软的《冬日恋歌》。新郎站在舞台上，眼望远方，等待，等待……

她从侧门的阶梯下来，胳膊上挽着美得炫目的卢珊珊。她现在代替海建，挽着女儿青春勃发的身体和她二十八岁的年华，走进大厅，走过长长的红地毯，将她和她的一生送入一个陌生的记不得见没见过的男孩手中。

音乐不知不觉又换了。她觉得熟悉。她忽然记起十多年前的那场婚礼。那个差点成为她丈夫的男孩好像给她放了他选的曲子，其中就有这首，叫……《天使在你怀里》？对！可惜她当时，是个空心人。后来，毫无疑问，它没能在那个婚礼上播放，因为她丢了。其实她哪儿也没去，母亲说我去下卫生间时，她点点头，呆呆望着为她的温驯欢喜甚至感动的母亲消失在卫生间的门口。

然后，她目光往身后游走，她看到那一排模特对面有一个橱柜，她那些"艺术圈"里的朋友早已为她准备好一副面具，两分钟里，她便把自己变成一具塑料模特，穿着婚纱静静站在她的急昏了头的父亲和母亲的眼皮底下……

她在卫生间吐得一塌糊涂。但她高兴，她这个后妈今天赢得了卢家所有人的认同和尊重，也赢得海建圈内所有朋友的认同和尊重，他们都来给她举杯……一切似乎也不像她想的那么艰难。其实也许，人只要支棱两只脚，什么河都可以蹚过去。她醉了。其实也没喝几杯，珊珊舍不得她，差一个亲戚过来，给她的白酒换成了水。但她依旧醉了。她醉后满脑子是婚礼的场面，卢珊珊的，她和那个记不住名字的男孩的，还有她和海建的……

镜子里的女人脸色绯红，更漂亮了。眼圈有些浮肿，是酒精导致。她从挎包里拿出妆盒，补了补，出了卫生间。她得赶紧回去，陪孩子们上台敬酒。这是最后一个仪式，做完这个，她回去会把她手里的那些古董字画拿出来交给孩子们，她就圆满了。

你哪来那么多废话？我是卢海建唯一的女儿，你还怀疑我的能力？……哎呀妈，你别哭了，你该高兴，你熬出头了……

她将身子缩进旁边一个柱体后面。

卫生间隔壁一个小房间出来三个人：换了大红苏绣婚礼服的新娘，按摩师慧阿姨；还有个男人，胡子拉碴，是老魏，跟在两个女人身后，犹犹豫豫进了大厅。

大厅里很吵。最后的仪式开始前，司仪正在大厅散发无数布娃娃，引得孩子们沸腾起来。

有请新郎新娘双方父母——！

司仪唱喏，有请一家人登台举杯，感谢宾朋，既是高潮，也是尾声。

一对新人已然双双玉立幸福盈盈；面目陌生的新郎父母也各就各位。慧阿姨微笑着，推着海建的轮椅，和周遭人打着招呼往舞台那儿去，目光四处搜寻。她这才想起，今天那些宾客给予一个家庭雇佣按摩师的尊敬远远超过了其身份地位。

她站进人群里。

……舞台的灯光闪烁，雪丽上台报幕，下一个节目，《时间》，演出者，艾薇……热烈经久不息的掌声和欢呼声，那个叫艾薇的十七岁的女孩作为明俊作品的艺术的主角，走向那个舞台正中……

……酒店的走廊像一条长长的咽道，出了酒店的大门，就是车马喧嚣的大街。一路狂奔起来，一盏一盏橘黄的路灯便甩到身后，黑夜没有脚，流水般汇过来将她吞没，脚上的高跟鞋不见了，身上的礼服也被撕开，挎包的带子不知什么时候断了，但她顾不上，她满脸汗水，满脸泪水，一刻不停地跑，仿佛有一千只手已经在她的后背张开。她不停地奔跑，直到将整个淮安城扔在很远很远的身后……

　　薇姨——！薇姨——！
　　她回过神。
　　身边的人们都在朝她看，让出一条道。台上，珊珊的婚纱彩得炫目，目光却雪白，像两张薄薄的刀片，削过攒动的人头，正在台中央朝着她，像朝着一条去鳞的鱼。
　　那一年，何止她上了这个舞台呢，还有明俊，雪丽，她后来断断续续听说他们在国外结了婚，又离了婚，各自寻了新的生活，再后来，慢慢杳无音信了。
　　他们三个，再也没机会一起谢幕了。
　　她擦擦眼角，抻了抻衣边，微微弯起嘴角对女孩笑，恍惚间看见时光宁静的脸。她款款地，朝灯光最明亮的地方走去。发觉自己和这舞台，相互之间，原来已经等了几十年。

深情走过

　　艾生走进局长办公室，他请假。刚挪正的常局长胖白的脸上似笑非笑，他看着眼前这个被他淘汰的竞争对手：

　　一个月？艾生啊，局里最近有好几个重要活动，关于本市和其他省市的文化交流研讨会，你是文化局副局长啊，文化局的高层领导，不参加有些说不过去……

　　副局长有好几个，不差我一个。

　　艾生觉得自己不需要再说什么。他转身，走出了局长室。

　　窗外的香樟，浓翠欲滴，婆娑的枝叶轻轻挨着走廊阳台的玻璃窗。阳光通透清丽，像丝绸一般从树顶洒下来。艾生穿越走廊，沉闷的心绪被窗外的明媚拨出了点点缝隙。

这么明媚的五月，实在是需要一种决然的心绪走进去，拥抱初夏。

方怡不在家。在和不在，都一样。艾生收拾好了一个小箱子，到厨房的冰箱找出昨天的剩饭，用开水泡了一泡，拌了点辣酱，吃了。然后到卫生间，将自己打扫了一遍，便进了书房，关上门睡了。

明天，将是一个隆重的开幕。

新　城

大哥与他的老三合院，陷落在时光皱褶里。大嫂变化不大，头发虽然花白，嗓门和走路的精气神还和年轻时候一样，泼辣，吵吵的。她撑起那双小眯缝眼，说，啊，老三，你怎么还跟你大哥一样，瘦得跟个蚂蚱似的？

大哥老了，一头白发，他赶紧拉着艾生的手，往西厢屋走，朝艾生抱歉地一笑，接到电话就给你腾出来了，还住西屋吧！

屋子里很久远的熟悉的气息，迎面扑来。以前回来的时候，每一回艾生都住这间屋，这间房也是艾生婚前的房间，是父亲砌的房子。父亲这辈子唯一的巨作就是这幢瓦房。艾生后来跟方怡居住客都，无论是看自己那套一百四的三居室，还是看方怡家那幢豪华的别墅，他在心里，都无比地替父亲悲哀。

艾生由着大哥把箱子拎过去，放进一架老式五斗橱里。西厢屋很干净，青砖地有些老旧，却比从前更干净光亮了；床铺上的薄被铺得平展，叠得整齐，枕头上的毛巾也是新买的，干干净净的；窗子不大，正宗九十年代的扁砖式瓦屋窗的格调，上下左右一米五见方，也擦得清爽；窗台上有一盆月季，阳历五月的月季，开得正好，又大又粉。艾生隔着窗棂朝外望去，大嫂胖呱呱的腰身，带着她两条树段样的短腿，在院子里滚动。这月季显然与大嫂无关。艾生说，大哥也侍弄花草了？这月季养得细致！

大哥笑笑，老三，你累不？你先歇会儿，大哥去弄中午饭，我们喝两盅。

艾生就由着大哥去忙活，兀自在几个房间里没有目标地东一眼西一眼看。

等艾生睁开眼时，大哥站在床面前解腰间的围裙，喊他说开饭了。艾生笑说，这么倚倚，就睡着了。大哥也笑，坐车累，容易乏。

堂屋里八仙桌上一桌菜已经排好，一瓶海之蓝。大嫂端着一盆小鸡炒毛豆，走进堂屋，往八仙桌东西南三面各放一双筷子，笑咯咯地说，老三，今天大嫂陪你喝两盅，你可别再像那年，丢了媳妇，喝高了尿了一床……

大哥赶紧叫大嫂去厨房拿碗。大嫂拎了三只碗过来，一人一只放好，抓起酒瓶，准备倒酒，看见大哥面前的杯子，一把抓在手里，笑着对艾生说，老三，你大嫂是个干粗活的，这几个菜都是你大哥做的，他拉车种地像害长病，做菜是有一手的！大哥着急站起来去夺媳妇手里的酒杯，大嫂瞪了一眼大哥，大哥便苦兮兮地耷拉着脸，老老实实坐下来。

乡村五月，清晨的阳光还带着点露水的凉气。

院墙外的七八株桃树上已经结满了累累的果实，都有大指甲盖那么大。大哥一早起来，就拿着剪刀间果。艾生站在一边看，说，还种桃？大哥说，种几棵，小孩子吃，庄园上好歹也要栽个花木什么的。艾生记得小时候老爸说，果树冬天要剪枝，初夏新果子要剔掉些，稀朗点结的个头大，好吃。那时候乡里的乡长在外面开会回来，说市场上水果很贵，提议种植水果致富，他们附近几个村各家出一亩来地，种桃。桃树要两三年才结果，大家一年年耐心等。等桃树养好结果了，市场上传来消息说，城里满大街桃子，堆着都烂了，卖不掉。老爸忧心地看着一筐一筐的桃子，分成好多份，一家老小包括姐姐小妹，一人一筐去街上卖。可是晚上回来，每个人筐里的桃子并没有少多少。小妹揉着被桃毛扎得通红的胳膊说，街上除了卖桃的还是卖桃的，爸，咱桃卖给谁啊？！

艾生也没卖掉几个桃。他从自行车上将筐猛然卸下，扔了车，生气地一把抓起两个桃，左右各咬一口，又都狠狠地扔了出去。

早饭后，大哥要去锄豆子。艾生扛着锄头，和大哥一起去地里锄豆子。初夏的田野，像被一只调绿的调色盘打翻了，嫩绿、深绿、浅绿，纵横遍野。

大哥肩膀上搭着一条毛巾，将畚箕担子丢在一边，把艾生肩上的锄头卸过来，坐着，跟大哥唠唠，你都二十来年不碰锄头了。艾生揉揉肩膀，还真是，光把锄头扛到地里，居然已经压得肩膀疼了。艾生看着四处长势旺盛的豆苗地说，还是乡下好。大哥笑了，大哥要有你那能耐，当年也跳出农门，拿笔杆子做先生呢。艾生笑笑，家骏呢？怎么没见他？大哥说，又去上海打工了。停了一息，接着说，家骏现在养一大家子，梅花在缫丝厂的工资很低，小新刚上三年级，梅花的爸妈常年住在这里……唉！还是你好，当年咱村里，可就你一个跳出来了。可把大家伙儿给羡慕的，咱爸妈也被人夸赞了好些年呢！

　　艾生不说话，他盯着田埂上一群蚂蚁，它们正爬上一个泥丸，浩浩荡荡地想爬到草叶上，想必是闻见了草叶上一只死肉虫的气息，个个垫脚撅屁股歪歪扭扭使劲挣扎着。艾生捡了根细细的草梗轻轻一拨，蚂蚁们就掉了下来，但摔了大跟头的蚂蚁们又爬起来，继续往泥丸上绕。

　　大哥一边锄豆子，一边不时抬头看艾生，说，方怡……怎么没跟你一起回来看看？艾生说，她忙。大哥沉寂了声息，一锄一锄地挥动锄头。锄头下的青草、野菜，便纷纷倒地。

　　黄昏，艾生散步回来，看见站在鱼塘边的大哥，正将上午锄下的草撒进鱼塘。水面上立即一群一群泛起小漩涡，鱼儿欢喜地将青草拖入水底。大哥拿起一边的网罟轻轻蹚进水里，冲漩涡密集的地方用力一递，鱼塘里立即一阵四处逃命的击水声。大哥把网罟拖回来时，就有了七八条大大小小的鲫鱼、黄鳝。艾生不禁兴奋起来，对着逃命后又都回来拖水草的鱼群吹口哨。

有人在南田埂上撵猪。大哥直起腰来，看着那只猪就要拱上自家菜园的网墙。

去去，唠唠唠！

南田埂上的女人一把捞住猪尾巴，一脚一脚对猪踹。那猪哼哼唧唧无奈地放弃了。

是老 K 从前的女人。

艾生眼前，立即就出现那个瘦高个、倔强沉默的老 K 的样子。还是高中毕业看榜时候，和老 K 几个在一起，在校外的红桥上道别。一晃二十年了。大家都忙，二十年了，也没抽出个时间，聚聚。

听说老 K 在上海发达了？大哥低着头说，像自语，怎么也不见回来看看！离婚了孩子总是他的，这么多年……艾生远远望着那个有些佝偻了脊背的女人远去的身影，喃喃地说，也有难处吧。

晚饭的时候，大嫂从猪场回来，气咻咻地将猪食盆往边上一扔，一脚踢开。大哥飞快地看了一眼艾生。艾生不看大嫂，他把大哥洗好的一摞碗搬起来，摆上院心的小方桌。招呼一声，开饭啰——

晚餐丰盛，一大盆辣子红煮鱼，煮了端午前腌制的咸鸭蛋，揉了两三条自家菜地结出的黄瓜，炕了一锅子糖面煎饼。大嫂端起碗，兀自还气咻咻地不平气，我就不信这个邪，明天逢集还占那个摊位，大家都是卖猪崽的，为嘛要让着他？不就是乡长是他哥？咱们家还有个局长呢！

大哥撕下一块煎饼，递给艾生，又撕下一块递给大嫂，你就别捅那个马蜂窝，两家猪场也在一起，大家忍着点，谁难道怕他乡长哥？不是怕他不讲理吗……大嫂把粥碗一顿，一把推开大哥的手，就你尿，我怕他娘……

大哥捏着煎饼，对艾生尴尬地笑，低头啃煎饼。艾生忽然说，大嫂，以后别说咱家有局长，怪寒碜。大嫂含了一口粥看艾生毫无表情的脸，半晌咽下去，点点头说好。

第三天依旧是个好天气。说好了和大哥一起去父亲的坟上培培土。一晃好多年，父亲的坟都荣枯数载了。艾生吃完早饭，坐在房间里看书等大哥忙定。窗台上的月季散发着淡淡的香气。

院子里一个孩子的声音急迫地响起，大伯，打起来了，我妈叫我来喊您，您赶紧去……艾生稀里糊涂，赶紧跑到院子里，谁打起来了？大哥正忙忙乱乱地解腰上的围裙，咳，我就说，我就说，你大嫂这个人，咳，我就知道……

新城街的十字路口南街，牲畜交易市场。十几年前，新城街还没有这么冷清，到处是人，交易市场热闹非凡，因为新城街的十字路，不仅连着许多村庄，还通往各个不同方向的城市，是交通要道。但现在，乡下的村庄正大批量改建到城里去，只剩下一些特别闹口的集市街道。新城街是其中一个。周遭没有出去打工的人们，依旧养殖许多家禽家畜。新城街还按旧年留下的规矩，四、九逢集，今天五月十九号，交易日，人们都将自己的产品放到公用摊位，等待有人来选。养殖户有大有小，不管大小，有幸等到一个常年收购的大户来收购，并且能得到对方认可，常年交易，那就是平添了七分财路。

艾生骑着大哥的破电动车，载着大哥而来。大哥喘着气说，那儿，那儿！还没到一大群人跟前，就急着跳下车，一个趔趄。艾生连忙住车，伸胳膊去扶住大哥。大哥站稳了赶紧往人群里跑。

大嫂的头发蕤在投降式高举的两只手里，被拽得脸儿朝天。大嫂咬牙，两只眯缝眼拼命往下翻，瞪她怀里那个被她两只手牢牢拽得脸儿朝下的男人。怀里的男人看不见脸，只听到声音，瘟猪婆，死胖子，你松不松手，你快松手，瘟猪婆……

有人在哈哈哈笑，没有人上前拉架；一辆双排座载着许多铁丝笼，司机抱臂站在一边看得饶有兴致；交易场买、卖的人，有的手里拎着鸡，有的正逮着一只鹅头，一个秃头用秤杆称一只猪崽，也忘记了，就那么咧嘴拎着，一脸的快乐。

松开，松开……大哥掰大嫂的手，一边对大嫂喊话。大嫂两只小眼翻成白鱼肚，丝毫没有停止的意思。大哥拉不开打架的人，喘息着，满脸通红，焦急地张望艾生。艾生站在一边，有些惊愣，也觉得有些快意，没动，他没打算让大嫂这么快从男人手下解放出来。

　　老三，老三……大哥终于扛不住地喊艾生。艾生慢慢走上前去。

　　乡长的秘书来了。他指挥一起来的人拉开打架的两人。可是两个扯得麻花一样的人哪里能分得开？最终，还是男人先撒了手。大嫂把怀里那个拉成鸡窝的脑袋顺势一推，拍拍手中的头发，冲男人说，王宝，你给老娘规矩点，别以为乡长是你哥，乡长，咱家还有个……老娘要想弄死你，谁也别想救你……乡长秘书冷冷地说，谁家老娘们？挺嚣张的嘛！那王宝一个劲地整理被拉得乱七八糟的头发，一边悻悻地接茬，朱老大家的瘟猪婆……大嫂瞪起眼，她又准备冲过来抓王宝，王宝赶紧躲开了。秘书挡住大嫂，干吗干吗？还没打够？说说你们怎么回事？你问他！大嫂喝道，王宝，你说说这了第一号摊位怎么就是你们家的了？凭啥你就把我们家猪崽往外扔？……

　　陈秘书上下打量大嫂，老娘们说话不算，你们家男人呢？大嫂一眼瞪起陈秘书，老娘们还生你呢，你说算不算？人群哄的一声大笑。陈秘书脸色涨红，你，你这蛮不讲理，我，我这是代表政府调解……大嫂一捋袖子，谁稀罕你娘的调解？告诉你主子，把他们家猪儿子管好了，就是太平天国……

　　月色泠清，艾生和大哥坐在院子里吸烟。大哥说，这么快就走？艾生说，嗯。大哥说，老三，你大嫂，她不是冲你……她直肠子，刀子嘴豆腐心……艾生抽了一口烟，大哥，月季姐走了多少年了？！大哥愣了愣，提她做什么？早就过去了。艾生说，过去了你还养那么好的月季花？你当年要是坚持和大嫂离婚，月季姐也不会投河。大哥默默抽烟，老三，世上的事看起来简单，其实没那么简单，人活久了，就知道了。停一停，又说，我现在，就担心家骏！他小舅子办厂破产，背一身债务逃出去躲债，丈人丈母娘常年住在这里……你和老K有联系吗？我想让家骏去他那里混混，他在上海发达了嘛！但是……算了，老K连自己的孩子也不顾念！咳，男人无情无义，算个什么男人……

艾生不说话。大哥又说，老三，你和方怡……又拍拍艾生的肩膀，算了，睡吧！

上　海

一踏出上海的地铁站，艾生感觉，一种冷寂伴随暮色而来。

艾生拎着小箱子，茫然地跟着人流流向出口，他忽然觉得，自己像海浪里一小片不知道何处冲过来的浮萍，夹杂在人流中，毫无目标地随波漂泊。

三儿——嘀嘀嘀——

地铁出口的对面停车位红色奥迪里的人一边按号，一边朝他挥手。艾生眯起眼，看过去，得救般冲对方笑了。他伸出胳膊挥，一边想着自己愣头愣脑的样子，老K肯定笑话他了。

一上车，老 K 就瞪起一双细长眼，上下来回打量了几眼艾生，又给了他一拳说，哎呀，大局长，定海神针啊，一点没变嘛！艾生笑着说，别寒碜我了 K 哥，老啦！

老 K 精神非常好，穿起了花衬衫，手腕上劳力士表，无名指一只细细的戒指；老 K 发福了，这使得他非常魁梧；头发是修得很短很短的板寸。艾生看老 K 额头，额头上蚯蚓似的抬头纹，叫他很亲切，跟当年一样，充满义气和倔强。当年发榜，红桥上落叶纷纷，老 K 还是一个精瘦精瘦的倔强少年，倔强又沉默——因为落榜，又因为贫穷。

艾生笑了，K 哥，发迹了啊，一看就是大老板了……对了，他们几个呢？老 K 说，饭店呢，就等你了！艾生说，太破费……老 K 说，得了三儿，好歹也是个九十年代的榜眼！十年混个局长不错，可整成一孔夫子了……

艾生揢了老 K 一拳，咧开嘴笑。

走不完的长街，过不尽的马路，高高的一环一环的高架桥，惊悚入云的摩天大厦，还有幽深的弄堂深巷，拐一拐就分不清楚的地铁站出入口……还有，就是很多很多的人，很多很多的车，穿梭来往，不知所去所来，也不盈不缺，老那么多。车不知道开了多久，终于在一家霓虹闪烁的建筑物前停下。

这是个综合商厦，里面各式各样的门脸儿大厅。艾生跟着老 K，左转右绕，最后进了一个酒店的包间。

沙滩画，摇椅、太阳山、海鸥、远处的茅草屋……这个包间复制了沙滩和海洋的色调，艾生犹如置身海水的淡蓝海浪里。

还没来得及看清楚都有谁，就有两人上来绑架了他，刘乙和赵兵跳过来，一左一右抱住艾生，问长问短。

一个不认识的长发女人，三十来岁的样子，唇红齿白，笑眯眯地和艾生握手。那只手温软得令人吃惊。艾生笑着对老 K 说，K 哥，新嫂子？老 K 笑了，脑门上的抬头纹也热烈地笑了起来。

同桌的有好些人，艾生都不太记得过来。在客都，每次出去应酬，他都会犯这个毛病，记不住谁是谁，敬酒的时候，只能等，等和对方目光相接的时候举杯。

这顿饭还是很愉快的，那个叫卢凡的女子，注意着艾生的举动，恰到好处地及时提示艾生各位客人的身份。艾生本以为，这是老 K 的后妻，却说是他的秘书。

外滩像魔术师手下的骨牌，又似乎是小时候，躺在田野上看到的火烧云。

艾生在一个傍着江边的茶座寻了个靠窗的座儿。吧台上的服务生正在榨鲜柠。艾生就要了一杯鲜榨柠果汁。五十二！小服务生说。哦，呵呵，倒是挺贵的，我们那儿十块钱。素衣素眉的服务生小美女冲艾生一笑，先生，江渚之上，寸土寸金的，自然会比别处贵一些，不过在这里品的不是果汁，是风景呢！她伸手指一指窗外江面上的几处画舫楼船说，从前大诗人登楼一眺，便有千古传诵的《滕王阁序》，先生您得了《新滕王阁序》，只会觉得太便宜了呢……

艾生看着服务生笑了，心情开朗了起来，这个小孩，太会说话了。

邻桌来了一对男孩女孩。长发女孩子很漂亮，像个瓷娃娃。一坐下，便开始玩手机。瘦高个T恤男孩问她喝什么，女孩眼也不抬，说卡布奇诺。男孩就按铃，要两杯卡布奇诺，又问瓷娃娃女孩，要加糖吗？不要。男孩对服务生说：都不加糖，两杯。

艾生转过脸，继续看窗外。看得出男孩非常喜欢女孩，喜欢得没了个性，女孩要啥他要啥。艾生心里默默叹口气，男人爱女人，光有一颗心是没有用的，需要资本，否则，什么都将变异。

当初艾生也是喜欢喝咖啡的，就像当初也那么喜欢方怡一般……特别是卡布奇诺，上大学的时候，就爱上了咖啡，彻夜看书，他都会冲一杯。后来却再也不喝了，因为方怡不喜欢。

刚才，艾生去了七莘路那家杂志社。编辑很热情。艾生常年给他们家供稿，编辑已经非常熟悉他的文字、才华甚至人品，做副编辑是绰绰有余的。但是艾生犹豫着，他想，一个月不足六千的薪水，能撑得起他的未来吗？

老K打来电话，说去找个地方哥俩唠唠……

城隍庙灯火通明，人山人海。

虾蟹鱼蛤螺，桌子上堆满了。老K拎起一串小海蟹，放到艾生的盘子里，文明看厕所，富裕看小吃，三儿，上海这地方的小吃上档次，又多，吃仨月也吃不完！你看，咱上高中那会儿在客都吃的，是不是一个差远了？艾生剥开海蟹，将一团蟹肉蘸了点辣酱，放进嘴里，挺好吃的！我们小时候河水煮河鱼，哪里有这么多滋味！

老 K 笑笑。

远处来了三四个年轻人，走到店家的烧烤摊前，一个人拎一只海鲜吃了，又摇头说，不好吃！便离开了。店主一脸不爽和无奈，暗自怒目骂道，穷卵阿三，小赤佬！

老 K 说，上海人小气，吃他两个虾也鬼骂鬼骂的！在我们客都吃小龙虾，都有一小盆专门给人品尝的。艾生笑，K 哥，很久没回去了吧？老 K 沉默了，父母都不在了。艾生说，孩子们都大了，我前几天回新城了，看到他们了。老 K 抬头看艾生，半晌说，哦，他们……还好吧？艾生说，好不好，外人看不出来，你还是自己回去看看吧。老 K 有些沮丧的神情，算了！十来年不见了，都差不多忘记我这个爹了！还是说说你吧！怎么样？三儿，这次来上海，单纯的旅游？我怎么感觉，你和方怡……艾生说，来投奔你呀！老 K 笑了，开玩笑，你一个榜眼，大作家，文化局长，来投奔我这个当年落榜生？艾生说，别寒碜我！倒想和你学做生意呢，你看行吗？老 K 说，真的假的？我魔帝公司现在正好缺一个代理董事。艾生说，那我可干不起，那是你 K 哥的位置，谁也干不起！老 K 笑了，我最近哪里有闲工夫打理公司？再说，我那公司，我现在没觉得有什么前景。艾生说，那你现在忙什么？

老 K 忽然发起了愣。前方几个乡下衣着的妇女和几个十来岁的小孩子，穿梭在人群里，一个人手里拎只袋子，将买单客人桌子上吃剩下的全收到袋子里。有老板过来驱赶，滚滚，侬晓得害臊？穷卵，滚滚滚，小赤佬……

艾生用酒杯碰碰老 K 的酒杯。老 K 回过神，喝了口酒说，三儿，你看上海，灯红酒绿的，富得流油，可是满旮旯里有的是住不起房、吃不起饭的穷人，拖儿带女全家都来这里，要厚着脸皮来拾别人剩的。你看这些人，她们捡这些剩下的，都是当一家子的伙食费的。艾生吃惊地看那些人。老 K 继续说，这世上，的确他娘地分上等人下等人。有本事的人，吃着山珍，天上还给你下金子，没本事的人，吃残羹剩饭还有人一脚踹开你的讨饭碗。

艾生默默地看着那些人，叹口气，还是说说你的公司吧！老 K 说，公司真没什么说头！我和你说说我现在正忙的事，最重要的事——做股票！艾生说，你炒股了！老 K 吸口烟，是啊！正是做了股票之后，我才发现人与人之间的等级。但是三儿，我炒股是个秘密，我公司现在的状况我没有余钱投资证券。艾生说，你什么时候开始炒股票的？老 K 说，一开始是我们公司的一个经理辞职，我才知道人家一个月赚了一百万。那时候我就开了账户，转了几十万小炒炒，跟他学，开始不太行，亏了不少，后来顺手了，本钱也捞上来了，我想炒大些，就去融资。可我账户上的钱没多少，融不了几个钱，我干脆把我的公司抵押了，做了几笔私人融资。

老K已经恢复到信心满满的状态，人要转运，天也挡不住啊。这半年，我已经用五百万的融资炒到了一千万。再过些日子，我就准备把私人外债还掉，换贷款，再多的努力都抵不过一次正确的选择，我这些年，可算是白辛苦了！

艾生惊愕地看着老K，一千万？可我听说股市非常危险……老K俨然游刃有余，是的，但要看什么人！而且现在是大牛市，千载难遇的良机，能抓住机遇的人，才是真正的上等人。我跟你说，这次我买了一只好股，连板八九个涨停了……

老K津津有味地谈着他的股票，艾生不说话，看着远处。远方万家灯火，一片祥和安乐之态。当年上学的时候，老K的成绩不算好，但是他却有一种说不出的霸气，有一次上班会课，老师问大家各自有什么理想和目标，老K当时很平静地说出一句砸地有坑的话：会当凌绝顶，一览众山小。也是那时候，艾生常常想与那个沉默倔强的男孩来个义结金兰。现在的老K，名副其实一名骁勇战将，老江湖，他佩服他的能力，更佩服他的胆识，但是他不知道为什么，心里隐隐地为老K捏把汗。

怎么样？三儿，你也来股市分一杯羹？艾生笑，我不会，我哪里懂！老K哈哈笑着，拍了拍艾生的肩膀，你还是干你的老本行，爬格子吧，对了，你寻素材的话，老乙铁定是个好素材！哈哈……

杨浦新区是富人区。满眼看见进进出出的法拉利、悍马、宾利、劳斯莱斯。那些车主男人女人们，也像是从英国皇家上苑走来的一般，穿戴名牌，高傲而冰冷，走在哪里，他们周身都有一堵厚厚的气墙，将艾生隔离在他们的世界之外。艾生从骨子里讨厌富人——极少有不缺内涵的富人。方怡曾针对他这个观点，轻描淡写地说了一句，没事，中国人贫穷的极限，就是与生俱来地仇富。他记得当时，摔了一只茶杯，表达愤怒，没有吓着方怡，把上小学的安安吓得大哭。

艾生带着行李，住进闵行区一家小旅馆。

据说闵行区是上海的贫民窟。艾生站在闵浦大桥上，看混浊的江水湍流不息。有多少钱为富？滔滔江水，流过杨浦和闵行，都一样。

方家是有钱的，客都的有钱人。方怡父亲是个有先天潜质的政治老掮客，"文革"时候，给一个小小的政府办公室主任做刀笔吏，投了时代的机，做了个土地办小主任，后来继续投机，一不小心做了土地局长。再后来，像一些吃肥了，找些青菜萝卜头刷洗肠胃的官爷一样，为自己正身清誉，找了个文化局长做了起来。但这家人的掮客潜力是捂不住的，方怡的哥哥是八十年代中期高中毕业，凭他的掮客父亲，成了一个小小的市委秘书，后来自身潜质大发，不久攀上了市长，做了经贸委主任，再后来？再后来听说人家是不想做市长，怕树大招风，要不然早成客都市长了。

大哥发现藏在枕头底下的两万块钱和字条，打电话来，大哥让艾生不要担心他，他的身体他自己知道，青山也会走，何况一个人。大哥说，老三，钱你大嫂给安安存起来了，你大嫂说将来肯定会用到呢。家骏现在工作可能也不错，上个月寄回一万块！你大嫂说……

你大嫂说你大嫂说，还谁说呢！艾生挂了电话。大哥年轻时候当兵留下的那点锐气算是彻底消磨殆尽了。

闵行区很大，熙熙攘攘全是杂人。完全没有宝马香车达官贵人，只有为生活奔忙的小商贩、外来户，或者闲晃淘货的，逛街遛狗的，大爷大叔，大妈大嫂，再就是一些游人——旅游的和游手好闲的。家骏住在七莘路附近。艾生没有打家骏的电话，大哥说他年后才来，还没多久，家骏做什么活，一次就能给家里寄一万块？

七莘路的七宝老街真热闹，艾生一边走一边看，他想，说不定碰见家骏呢。

华灯初上，闵行区也慢慢醉了，弄红巷紫，窗绿门金，万丈光芒。艾生自嘲地对自己悄然一哂，闵行区这么大，一条街就抵上一个新城，怎么会碰得见家骏！艾生将眼睛从人群里挪开，开始注意周边的建筑和街景。从古门楼进来的七宝老街，处处是飞檐旧瓦，古董名玩，玉佩金饰，奇装异服，香糕辣饼，熏鸡酱鹅，小吃大烤，烹炒煎炸……艾生寻到一家山西面条店，准备吃一碗山西刀削面，筋道有味儿，他喜欢吃，在客都，隔些日子，他就去长乐路那家小山西家吃一碗。

出来的时候，艾生在一家服饰店门口，意外看见刘乙的三菱。艾生喊，老乙——！刘乙满手大包小包，一扭头，脸色愕然一变，艾生这才看见，一个女人挽着刘乙的胳膊，看样子五十好几了。刘乙立即又眉开眼笑地朝艾生走来，三哥？哎你怎么在这？我，这是梅川姐，梅川，这是我三哥，我跟你说过的，我们客都文化局长！

灯光下，梅川一笑，艾生感觉梅川脸上的粉可能正簌簌掉下来。她块头不大，短卷发，壮壮实实的，和黝黑壮实的刘乙在一起，晚上看，也有些像母子。梅川对着艾生露齿一笑，一口白牙，嗓门低而沙哑，她和艾生握手，三哥好三哥好！阿乙常说起你，真是大帅哥啊哈哈哈……

艾生有些尴尬，很后悔自己的唐突。

刘乙将东西塞进梅川的手里，让她先打车回去，说陪三哥吃个晚饭。艾生连忙说，噢我我吃……刘乙扭头冲艾生使个眼色，艾生张着嘴巴将半截话咽了回去。刘乙送走梅川，过来说，三哥，来闵行区住，可不能错过好风景！哎，我打电话叫小兵子，今晚带你开开眼界，好好涮涮你那一身书呆子气……艾生赶紧阻拦，刘乙推开艾生的手，径直将赵兵呼来。

一伙人嘻嘻哈哈开车，停车，吃饭。刘乙情绪很好，饭桌上谈笑风生，跟艾生和赵兵侃要买什么股票，两人说得头头是道。艾生借上厕所，去吧台把酒饭钱付了，一千块。艾生倒吸了口冷气，不是说闵行区是贫民窟？三个人一桌酒菜要这么多？那么那天在杨浦的那顿饭？老天！艾生赶紧收了皮夹，不敢多想，也怕再多待一会儿，服务生会生出方怡那样的眼神来。

知道艾生结账，哥几个也没多谦虚，刘乙大手一挥，走，下面全场包，三哥点菜，哪家？艾生有些糊涂，还吃？我今天吃了两顿，撑得慌！赵兵和刘乙笑得捂住肚子蹲下。刘乙告诉他，不是点那个，是点这个。艾生依旧昏头昏脑。刘乙和赵兵笑够了，一把把他塞进车里，油门一加，箭一般射了出去。

进了一家发廊，艾生被赵兵和刘乙按坐在发廊的转椅上，一个大波妹子拿着干洗洗发露笑着靠过来，艾生才忽然领悟他们说点菜的意思。艾生立即面红耳赤。赵兵和刘乙看着艾生的窘相，一个劲儿乐。

妹子细长的手指穿过他的发丛，一边轻声和他说话，阿哥第一次来哉？嘻嘻……艾生说，嗯……妹子笑，阿哥好帅的嘞，放松点嘛……艾生说，嗯……妹子绝不是上海人，但和刘乙说话一样，不知不觉会带着上海的口音。并用胸前的大波不时触碰着艾生的头。艾生支支吾吾地应付着，燥热又心慌。他闭上眼，尽量表现得不像菜鸟。慢慢地，像穿行在一条梦幻的雾带里，舒适的感觉渐渐无声地涨潮而来。

二十来分钟后，艾生的头发蓬蓬松松，焕然一新，自己瞧瞧镜子里的自己，眼睛不大，双眼皮，高挺的鼻梁，轮廓很好的嘴唇，确实挺帅的。刘乙过来，拖起艾生上楼，三哥，那个敲小背还是敲大背？艾生说，敲背还分……大小……刘乙笑嘻嘻地说，一看你就是小盆（朋）友，瞧你这模样身板，不贡献给上海妹子，那简直太不人道！赵兵说，三哥，包间，全套，管他呢，反正老乙最近大发了，我们一人一个！

艾生心里忽然慌慌张张，刚才他心底暗暗动了一下，想给刘乙他们瞧瞧，其实他艾生也挺爷们坏。可事到临头，他却慌慌张张，屁股不自主地往后赖，我……我……你什么哈哈哈……今天管你是哪个，三哥，你可别不爷们，说，喜欢胖的瘦的，高的矮的？三哥不在行，三哥，我替你选了噢哈哈……

推推搡搡把艾生弄进房间，刘乙和赵兵嘻嘻哈哈退出来，各自找乐子去了。

艾生四处看，一张白床单的小床，一盏桃红色床头灯，像女子眯缝着眼神；一张裸露上身的外国油画和床遥遥相看。除此之外，房间里也没什么了。艾生心里七上八下，忐忑地在小床上坐下，用心听着四周的动静。

门吱呀一声开了，轻微的声响也吓了艾生一跳。一个大波浪的妹子进来，冲艾生一笑，狐媚的笑靥远远超过她的姿色。几句短暂的交流后，大波浪便欺身上前。艾生浑身燥热，不由自主躲闪着。妹子掩口笑了，阿哥，还没见过你这样的，不会第一次吧？艾生支支吾吾。大波浪笑了，没想到还有你这个年龄的男人没进过花柳巷的咯咯咯……阿哥你好帅气的……艾生很笨拙地随着妹子的手躺倒小床上。妹子的手很柔软，灵活，像游走的蛇。艾生这才仔细注意到，女子穿的极短极短的露肩连衣裙，丰满的手臂和胸脯，夸张地裸露着，与他零距离。艾生屏着呼吸，闭上眼睛。妹子香喷喷的脸儿凑过来，亲了下艾生的嘴唇，不安分的蛇一样手指左冲右突，滑向艾生的腹部……

敲门声，咚咚咚咚咚咚。艾生骇得跳起来。待他将衣服胡乱往身上套时，一缕强烈的阳光，从窗帘里射进来，落在他手上、身上，像一道滚烫的切割线。艾生汗津津地坐下，听着隔壁依旧不停的敲门声，想起昨夜的事，愣了半晌，起身出门。

白天的上海，像一窝醒来的鸭棚，叽叽呱呱吵吵嚷嚷，碾动着每一天生活的车轮。上海的白天和夜晚是割裂的，白天吵闹、庸俗、真实，夜晚幻彩、暧昧、神秘。上海的白天和黑夜又是极其默契的，阳光普照的白昼关掉深夜闪烁的霓虹，洗净昨夜的荒唐与丑恶，一切昨夜发生的事，都似乎是个错觉。

闵行区的龙柏路上，穿着暴露的女子似乎分外地多起来。五月的天气还有些凉气，但丝毫没有影响她们裸露的程度。艾生发现，自己下意识开始注意这色人群了。这些阳光下过分裸露的女人，忽然不像先前那样让他觉得恶心，相反，每一次见到鲜丽和暴露装扮的女人，他心里莫名一阵躁动。他赶紧制止着自己这种荒唐的反应。从前，艾生将他头儿那些谄媚领导的做法，归类定义为妓女对嫖客，以为自己半世一身傲气，孤而芬芳。可现在，自己竟然……艾生踱步，一边不知不觉陷入茫然和冥思。

一连几天，艾生乘车到各个地方去转悠，他四处盯着商业区的人来行往，心里在盘算，除了编辑，除了再去做老师，他是不是可以走进商场里混一回。

最后，艾生不知不觉来到杨浦，在老 K 公司门口下了车。

魔帝公司坐落在一个在杨浦很难得一见的破落的写字楼上。门卫是一个懒得动弹的老头，艾生隔着灰蒙蒙的玻璃窗可以看见他正歪在乱糟糟的小床上看电视。也许是这栋大楼里的小公司太多了，他根本就懒得问来客是谁了。

一道铁栅栏横在三楼的入口处。铁栅栏上方挂着"魔帝软件有限公司"几个字。门很疲惫地开着。艾生走进去，一间办公室有不少电脑，两三人在电脑上很投入地打通关游戏；有几个人站在走廊上抱臂朝一间办公室看。艾生站一会儿，忽然听到一阵茶杯板凳砸碎跌倒的声响。寂静之后，有几个人懒懒地离开，路过他身边，去倒水，或者如厕，没有一个人搭理艾生。艾生拉住一个男子，问老K在哪里。那男子看一眼艾生，指一指刚才那个砸家什的一间，就走了。

门开着；老K抱着头，蜷曲在沙发的拐角里；卢秘书蹲在一边无声哭泣；满地砸碎的玻璃碴；几把椅子横七竖八不同姿势倒在不同的地方；屋子里并排四五台电脑，一片碧绿。艾生举手想敲敲门，想想又放下手，轻轻唤一声，K哥！沙发里的老K翻身坐起，像噩梦惊醒的样子，红着眼看着艾生，半晌回过神来，三儿？你，你怎么来了？我……路过！老K的脸色明显地非常尴尬，一会儿，又恢复状态，起身，走到门口，拍拍艾生的肩膀，走，咱们出去。

艾生忽然意识到，自己这一趟上海，来得多么不应该。

杨浦区高耸入云的楼层密集得像决堤的河水里打下的树桩，在傍晚的斜阳里投下长长幢幢的黑影。老K说要到楼顶看夜景。艾生便在路边的店家买了些啤酒和卤菜，和老K一起开车来到一幢大楼的门口。

大楼二十八层，老K看着高高的楼梯，说不坐电梯，爬上去。艾生说好。

爬上大楼的顶层，艾生的衬衫早已经湿透。看看身边的老K，一样汗如雨下，扶住把手大口大口地喘气，脸色煞白。老了！他们看着彼此，忽然都笑起来，说了同一句话。

天色越来越黑，楼下的灯火铺天盖地闪烁起来。天台上的老K喝了两三罐啤酒了，却沉默得一句话也不说。

又吸够了烟，老K吐了口烟圈，终于举举手里的烟说，《易经》上讲，九五为乾卦中第五爻，飞龙在天，利见大人，是为至尊；又有解释，九为众数之巅，最高，五为五行之和，是为九五至尊。所以从前帝王都称九五至尊。三儿，你看这烟，一百块一包的九五之尊和三块钱的一品梅，一个犹如人中龙凤，一个好比街边乞丐。可是你看，九五之尊剥开来，也是一把烟叶子而已，和一品梅有什么不同？真正显示它价值的，是购买资格和钞票，你有没有资格去买一包九五之尊，你需要多少钞票去买一包可以买无数包一品梅的九五之尊，这就是价值，既是人自身的价值，也是香烟的价值。

艾生托着腮帮子默默注视着老K。

老K在渐渐黑透的夜色里默然地吸烟，默然地喝酒，默然地说，我来上海前十年，拼命地寻找机会，挣钱，可是你看，我至今不过剩下一个小小的二级软件公司。前十年我办彩钢那么红火，美国一场次贷危机的龙卷风，就将远在中国无数我这样的小企业打回原形。你那天来，我正和我的律师商议，怎么打这场官司。

艾生愣住了，打……官司？

说来话长了。你当年成为光荣的人民教师的时候，我在山东跟彩钢公司卖命五年，正两手空空来到上海，靠我的技术白手起家，那时候和一个朋友合伙，靠他亲戚贷了不少款。那时候中国刚刚改革，企业一家一家通过资格，厂房的需求太大了，江南江北，我们的项目一直做到乌鲁木齐。那时候的钱好赚啊。我来上海光征的那块地，十年不到，就给我翻了五十倍。

零八年金融风暴之前，我那个朋友离开上海去了国外，我接了厂子，并加大投注，一千多万。那时候不知道经济泡沫已经一触即破。我还预想，将来可以搞个上市公司，给咱们客都一中露露脸。可笑！

那，亏了？

几乎全军覆没！设备买回来，忙乎乎上马开工，根本就没有订单，没有工程可做。企业都一个接一个倒闭，哪还有人开新企业？那几套设备，后来像废铁一样，一千万，一百万都没有卖出来。后来，我连土地都卖了，那块地救了我的命，还了好多贷款。剩下了百十万，我和一个朋友又创办了个软件公司。就是现在的魔帝，专门接单，做软件。这几年，公司效益还算不错。可是我不懂软件，软件公司的难度大得你难以想象。比尔·盖茨有一句名言："微软离破产永远只有18个月。"现在想起来，做任何事，千万不要去做自己不懂的。

老 K 又一口气喝了很多酒，接着说，去年，我们接了一个大单，制作了一批软件。可是不久消息传来，这批软件全部重做，因为原公司的软件信息早已经被内部人员卖给了别的公司，这批软件上来，根本卖不出去。可我们已经把订货都做成了成品，重做谈何容易，对方因为巨大的亏损，也不肯承担我们的损失。而我的合伙人，就在这件事发生后，将我们公司的所有现金和一些订单收回款全部提走，连同我们公司的总账，不知所踪。我已经报案，公安局寻找了几个月，到目前还没有结果。目前，我和律师商议，准备将我们接单的母公司连同我的合伙人一起告上法庭……

刘乙和赵兵知道你目前的真实状况吗？

不知道！刘乙这个人，你是知道的，认钱不认人。他在我公司就跑跑腿，基本上技术上和管理上的事，他都问不来。他现在，想必赵兵也和你说了，他傍上一个富婆，一个闵行水果批发大户的老婆，大户老板几个月前去山里进货，翻车压死了。现在所有财产都归他老婆，刘乙不知道怎么和人家搭上讪了……赵兵是我唯一一步棋子。我以前做工程有很多老客户，都没丢下。所有接单的工程都让赵兵带队去做。虽然不多，总还可以度日。

艾生吸口烟，压抑着自己震惊的情绪，轻轻地问，那今天？
老 K 叹气，你都看见了！我那个公司现在一潭死水，几乎没有做事的人了。当然，也因为我，我自己也没心思和信心再起死回生了。我这半年来一直忙于股票。可是……艾生问，怎么了？

老K拍拍脑门，这几天股市忽然狂跌不止，这段时间，一直有大跌的迹象，但是今天跌得太厉害，我一天就亏损两百万……艾生惊呼，老天！那你怎么还不出来！老K拍拍艾生的肩膀，没事，你别担心，我坚信牛市的方向，一般来说有大跌就会有大涨，现在出来，等于割肉认栽！艾生着急地说，万一下面再跌呢？老K沉吟，应该不会，股市的规律，有跌有涨……

老K不住地抽烟，远处的灯光，明亮闪烁，如同一片霓虹飘忽的大海。艾生只听到老K吸烟的吱吱声和吐烟的噗气声，瞧不清老K的脸。

闵浦大桥下，江水滔滔。一条江的方向，在开始的历程中就需要明确和正确，所以长江才能千古不竭。艾生再一次久久地看着黄浦江川流不息的江水，这江水，在她跋涉的过程，也有因为方向错误而导致枯竭重来的时候吧！艾生觉得，该走了。明天无论如何要去家骏那儿看看，然后和大家告个别，就离开。

接下来的几天，艾生却一直不能成行。家骏听说艾生在上海，要么不接电话，要么总说在别处忙。艾生的行程就一天天拖下来。他每天在闵行区各条路晃悠，心里也生气，这孩子，这么多年不见，和艾生生疏了，小时候一听到三叔的声音，飞奔出来，掏三叔的口袋，看看有没有糖吃。现在三叔来上海，他却避而不见。

罗秀路边花坛里的椅子上，艾生坐着，看人来人往。有漂亮的女孩子，有忙碌的车夫，有买菜的大妈，有牵着小孙子的老先生，也有那些像大波浪一样穿着暴露很多的女子。艾生一个个看着，猜想每一幅面孔背后，有可能出现的那些真实的状况。这几天，他连吃饭的欲望也没有，就那么深深地陷入遐思和联想。

这天黄昏，艾生准备走了。他在电话里跟家骏交代了好些，既然这孩子这么忙，就不去打搅了。他开始拨打电话，呼哥儿几个今晚聚聚，明天一早，他就离开了，这一走，谁知道是不是又一个很多年！

赵兵的电话没人接听。艾生又拨通了刘乙的电话，还是无人接听。艾生沉吟着，想了想，又拨通了老K的电话。通了。电话一通，立即一个女声，高呼大哭，快过来，快过来，碧海公寓，快快，老K要跳楼，快来人啊……艾生一个冷战吓得蒙了，他大声对电话里喊，怎么回事？你是卢秘书？怎么回事啊？K哥怎么了？

可是电话似乎掉在了一边，就听到对方那边声音很大很吵，乱糟糟的。艾生立即上路，招了一辆出租车……

从楼顶上把老K拖下来，艾生已经浑身散了架。卢秘书使劲抱住老K不肯放松。老K面如死灰。艾生筋疲力尽坐在一边，想着刚才楼下的那大片的人群，如果老K跳下去……他闭上眼，勒令自己不要再有这些可怕的联想。他问卢秘书，K哥这到底是怎么了？卢秘书已经哭昏了头，乱糟糟的脂粉泪花脸边哭边说，股市，股灾，大跌……我们百分之五十，没有了，天啊，我们亏五百万，怎么办啊！我们该怎么办啊……艾生睁圆了双眼，什么？老天，怎么亏这么多？不是说牛市吗？卢秘书不再回答他，只晓得呜呜大哭，什么也说不出来了。

老K像被人打晕了，又扔下水里捞上来的死狗，一点声息也没有，眯缝着的眼睛，泛着可怕的凝固的死亡色。只有胸脯微微地起伏，尚表示他还是个活物。他们的公寓里也到处是电脑，都开着，一片死亡的绿色。平时老K开着奥迪到处跑，衣冠楚楚，谁想到他们住处像个猪窝一样！艾生心底一伤，眼泪就滴到了胸前。他赶紧擦擦眼睛。想想，应该让刘乙和赵兵过来，想想办法，兄弟一场，不能这么袖手旁观。

老K似乎知道艾生打给谁，忽然开口了，别打！他们……只怕也好不到哪儿去！艾生愣住，不敢想下去。

坐了不知道多久，艾生起身，将身上所有的钞票都掏出来，也不足五千块。他想，明天再去卡里取……艾生心底一横，十万！对于他，这十万已经是他这辈子积蓄的六分之一，但对于老K，那是杯水车薪。但他想，老K不会倒下，他那么倔强和坚强，他甚至很多时候是艾生笔下的人物原型，影响着艾生对人生的信仰……当年老K白手起家，现在也可以东山再起！他这点钱，就算是一点生活的支撑吧！他想起露露，除了露露，在这个世上，他原本不需要留着这些收入的，方怡不需要他的钱，连带安安也不需要他这个穷人家出生的父亲的钱。然而，这么多年，这些钱总归积蓄下来了，并且在这个积累的过程里，他有了露露……

老 K 死凝色的眼珠慢慢移动了，他看着艾生掏出来的钞票，听着他的建议和规劝，牵了一下嘴角，牵出个很惨很惨的惨笑。艾生说，K 哥，我知道，杯水车薪，但是 K 哥，你要想开些……留得青山在……卢秘书大哭，没有青山了，三哥，除了这五百万盈利是我们的，剩下的都是融资的，只等人家来平仓了……

夜色凉得像小时候母亲从井底打上来的凉水。艾生身无分文，他也不想打车，就慢慢一步一步往回踱。夜色还如看夜景的那个晚上，对于老 K，一切却都不再是昨天的样子。艾生在街灯明亮的石板路上慢慢走，霓虹不减昨夜的妖娆，这无情的大上海啊！

大哥，要玩玩吗？有人在身后喊他。艾生回头，是个男子，慢慢走近来，接着说，大哥，要不要妹子玩玩？艾生看那张笑着的脸，刚准备说话，对方忽然神色大变，转身就跑。艾生一下冲过去抓住他，站住，你站住！男子强力挣脱，嘴里说，大哥你……认错人了，我不是……艾生用力把手里的人一摔，那个人就倒在地上。但倒地的人跳起身就跑，艾生拼命追上去，跑了一条街，才一把薅住他，又把他摔在地上……

将家骏带到宾馆，艾生气得浑身冰凉，你穷疯了，堕落到拉皮条？家骏抬起头，面黄肌瘦，看艾生一眼，低下头，又抬起头说，三叔，你怎么来上海？艾生大声说，别管我怎么来！还要不要脸，姓朱的家族都不要脸了？家骏面色悲伤，三叔你不知道，现在挣钱很难的，我那么大一家子……像我们这类人，干到死也买不起上海哪怕一间弄堂里最破的房子，我认识来上海打工的朋友，只有一个赚了不少，因为他给人上工地爬高，不小心掉下来摔死了，老板赔了六十几万！我不想死！反正上海每天都有那么多嫖客，我不做有人做，这个赚钱容易得多……

放屁，你，你给我闭嘴！艾生痛苦而愤怒地吼道，又不是时候地想起大波浪，闭上眼，半天摆摆手，你，你走吧，你好自为之！

等到艾生躺下的时候，东方已经发白。艾生累极了。他闭上眼，想着两件事，第一，睡一觉起来，去银行转十万块到老K的账户；第二，买上午的车票，今天无论如何要离开。他不想再知道这里任何一个人的情况了。地球没有艾生，转得一样快。

杭　州

艾生下了车，杭州的阳光刺得他睁不开眼。

生哥——

艾生抬头，粉色连衣裙的露露亭亭玉立。艾生的心剧烈跳动起来，他刚准备说话，露露像一只小鹿，蹿进他的怀里。艾生激动，又有些窘迫。

露露在西餐厅定下了座。一路上，露露很激动，把车子开得飞快，两边的行人车辆唰唰飞奔，清凉的风穿过正午的阳光从车窗外扑上艾生的面颊。艾生一边提醒露露开车要小心，一边自己不禁也沉浸在一种久违的欢愉的氛围里了。

杭州好风光啊！

西餐厅的环境很优雅，淡咖色的主色调，低沉的大提琴音乐，洁白的台布配上晶亮的餐具，一切赏心悦目。但是西餐却不怎么好吃，特别是牛肉，艾生一刀子切下去，血津津地冒红。他看看露露，露露正津津有味地吃，他只好眼一闭，又一块丢进嘴里，囫囵地嚼嚼就吞了下去。味道没有想象的那么腥膻，但也绝不像露露吃得那样享受。

但艾生前几日破落的情绪依然悄悄眠去了。好久没见到露露，他心底那份深藏的爱，正像一块纯浓的巧克力，在舌尖上温软地融化……虽然还有许多需要解决的障碍，但艾生一想到下半生，他将要和这个相互心仪很多年的女人共度，便满心幸福感。

艾生说，回头我去定宾馆，露露说，不用了，住家里！艾生看着露露欢喜的眼神，有点犹豫……还没见过伯父伯母，不太好……不是，忘了告诉你，我买了个小套了！艾生心里一愣，去年年初，露露告诉他，她开始兼职一家房地产销售，这么快就赚这么多？他茫然着，杭州房子那么贵！露露笑了，是贵，我辞掉工作了，长期在房地产做销售，我只要谈成一笔生意，就有百分之五的回扣。这套房子就是我这两年的回扣。艾生吃惊地问，辞职？你不教书了？露露伸手拍拍艾生的手，你先听我说，杭州这个地方和我们苏北不一样，生在这个地方，总是会被紧迫的商业节奏裹挟。客都那里虽说也是市区，但到底苏北的经济比较迟钝，你呢，又是个书呆子，要是当时我都告诉你，你肯定不会同意我冒险，你瞧，我现在小有成就，为我们将来的新生活先铺桥搭路，不是很好吗？说完，亲了艾生一口。艾生张了张嘴，没说话，低头进攻那块半生不熟的牛肉。一会儿放下刀叉，我吃饱了！露露瞪着艾生的盘子，吃这么点？艾生说，嗯，饱了！

　　杭州的天气，到了五月，就开始隔三岔五梅雨霏霏。艾生打着露露粉色的小伞，去附近最近的一个菜场买菜。这两天，他得空去书店买了几本菜谱，准备学做菜。和方怡这些年，他从来不下厨房，有得就吃，没得就出去对付。方怡拧不过他，所以也从来不指望他做饭。但现在，艾生想学做菜了。

　　楼上的一对夫妻吵架，将楼板蹬得咚咚直响。艾生正在剥毛豆，愣愣地听山响的吵骂声：

　　男：葛老倌儿，我还叫阿爸？你别做梦了……

　　女：放你娘的屁，以后我就叫你爹跷拐儿，看谁划算……

　　男：你他娘的你敢！

　　女：朗格不敢？你住我的，吃我的，回家叫声阿爸你还叽叽呱呱，你个地道的瘟孙、枣儿瓜……

　　男：你骂哪个？哪个吃你的住你的？我日里哪天不是很辛苦，我不少挣钱，别以为你阿爸有几个烂钱就了不起，你阿爸才瘟孙、枣儿瓜……

……

艾生听着听着，想起了他和方怡。他当年，其实也很爱方怡。就这么过着过着，成了一对冷漠的陌生人，一个屋子里熬了许多年，把双方的青春和精力都熬尽了。

别人家夫妻的吵闹没有影响艾生做菜的心情和热情，他学做了好多菜：蒜泥大虾是第一道；胡辣汤是第二道；小炒回锅肉是第三道；酸菜肥肚是第四道；酸梅西红柿是第五道……露露每天下班回来，扔了包和高跟鞋，立即跳进厨房，用手拈起盘子里的菜吃着，围着餐桌跳，啊，太好吃了！艾生是个整洁的人，他总是笑呵呵地将露露的粉色小拖鞋拿过来，蹲下拎露露的脚，看看，什么孩子嘛！鞋也不穿！以后包要挂在壁橱挂钩上，高跟鞋进门要放到鞋架上哦，你看看，女孩儿家，家里都成猪窝了！这可不行！露露咕囔着塞得满满的嘴巴说，我就这样啊，我就是小猪啊，老公……

艾生刮刮她的鼻子，无奈，只好随她。

一天清晨，艾生照旧想去买几个小菜。刚走出楼道口，对面一对夫妻在路上争吵，男人平顶，看起来干练，有个性；女人卷发，微胖，穿深紫色连衣裙。

离婚！

离就离！朗格怕你好似！房子孩子归我，你要滚就赤脚滚蛋……

你放心，我不会带走你一根纱线，孩子跟我……

艾生多看了几眼，低头走过。听声音正是楼上的那对。

男人忽然扭头就走。女人在身后，望着男人的背影，带着哭腔大喊一声，老公，你以为你和那个骚货能长久吗？艾生回头看，女人已经掩面回头跑进楼道。

他心底潸然，这个世界，哪里都有错愕的人生。

在客都，他和方怡度过漫长的死气沉沉的二十多年，疲惫不堪。无数日子，他深夜还坐在办公室，拿着笔在纸上乱画，写他心底的世界。他靠着这支笔走进机关，走进杂志社，可是他无法靠这支笔写出一个动人的人生。很多年就这么枯寂地与时光的沙漏一起消失了，没有人知道，艾生其实是个非常喜欢黏人的人——黏自己心爱的人，像蛇一样缠绕着，黏在一起，老去！可是方怡不是那个人。直到七八年前，认识比自己小八岁的露露，那时候露露刚调到学校，和他一个办公室。他闻到了那种缠绕的气息，他沉郁的生命隐隐开始勃动。也是从那个时候起，他和方怡的冷战愈来愈冷，冷到结冰。

杭州的五六月天气，真像露露说的那样，说下雨就下起来。艾生撑开伞，拎着菜等公交。夏雨如情，树叶花儿很快湿漉漉的，像情人洗过的湿发。艾生的心情渐渐好起来。

哈哈哈，追我啊，追我……

一声清脆的女声传进耳膜，艾生心中一震，回头急寻，原来是一个女子和一个男子在打伞追跑，女孩的声音多么像露露的声音！艾生自哂，转了转手中的粉色小雨伞，忽然心中一动——他去接露露回家，给她一个惊喜。

清河路红珠大厦一楼，都是翠园房地产的售楼部。大厦门口人来人往。艾生打伞站在对面的马路上，再过半个钟头，露露就下班了。

手机忽然响起来，是安安。艾生盯着手机发愣，安安很少主动给爸爸打电话，是方怡将他们的事已经告诉安安？安安说，爸，我妈怎么了，电话也不接？今天都十五号了，还没把钱打给我！艾生说，哦，你……安安又说，爸，你问问啊，我没钱用了，我这个礼拜有同学生日派对啦……艾生说，嗯安安……可是一句话没说，安安已经挂了电话。艾生心里一阵黯然，孩子越大离他越远了，除了要钱，似乎多说一个字都没时间！艾生忽然想起，前段日子在上海，方怡发过一条短信给他。当时因为老K的事，他都没心情打开看。艾生将短信翻出来：有点事想和你商量！什么事？方怡几乎从来没有这么郑重地要和他商量什么啊！

大厦对面一个女子走出。艾生迈步想过马路。一辆急刹车声，男司机伸出头骂道，尼玛，找死啊！艾生连忙缩回脚，连声对不起。远处大厦门口，一个穿白色衬衫的男子打伞飞出来，女子显然很有些生气，一把打开男子的伞。男人一直赔不是追到一辆车旁，女子才停下，和男子说了什么，男子低头在女子额头亲了一口。

艾生愣愣地看着，雨越来越大了，他拎着菜，默默转身离开。

又是一个新的一天，艾生觉得无所事事，准备去书店看做西餐的书，露露喜欢吃西餐，他准备学做，顺道再看看哪里有好的西餐厅。刚出楼梯，一头撞到一个人。是楼上的男人。眼圈红红的，在抽烟。艾生说声对不起，走过去几步，又回头，跟男人说，哥们，没事吧？男人经他一问，竟掉下眼泪来。艾生这才发现，男人身后一个大箱子和几只小纸箱，装着乱七八糟的东西。艾生说，你这是……男人抹了一把脸说，离了！艾生半张着嘴巴，离了？这么快？男人茫然地看着他。艾生说，哦，我是说，可以再考虑考虑，毕竟……男人递给艾生一支烟，自己点上一支，吐一口烟雾说，您是蒋露老师的哥哥吧？艾生发愣，哥哥？哦，对，我……男人说，谁想离婚！但是太难了！她脾气太坏，他们家人都瞧不起我！这么多年，我受够了！您妹妹脾气真好，我们住在这里好几年了，从来没听到她和她男朋友吵架，当然了，也许没结婚是好的……

艾生呆住了。

西餐厅里放着轻音乐，艾生为露露切牛排，乳白色的灯光像丝绸一样，浸染着餐厅里每个人的心思。露露看着艾生修长的手指，稳健又沉默。她说，生哥，你来杭州，快两个礼拜了吧？！艾生说，是啊！露露说，我们虽然认识很多年，但你对我的了解最真实的，还是这半个月。艾生朝露露笑笑，怎么了？吃啊，你不是最喜欢吃七分熟的牛排？露露说，生哥……艾生没抬头，专注地切牛排，一边说，我本来准备自己学做西餐的，怕外国人那一套，终究学不来！露露说，生哥！艾生看着露露，什么事？露露说，这两天，你情绪不太好……没有啊！露露忽然滴下眼泪，你是不是，听到了什么，要不然你不会这么冷淡，我受不了你对我冷淡……

冷淡？艾生忽然心底一惊，对啊，他怎么将和方怡的那一套带到了他和露露之间？他看着露露婆娑的泪眼，心里一疼，伸手帮露露擦泪，柔声说，看看，什么时候长大呀，还喜欢哭鼻子！露露肩膀一颤，更多的泪珠滚落下来。艾生也不顾西餐店里的人，将露露揽进怀里，好了，别哭了，傻孩子，我怎么会对你冷淡，我是因为最近心里有些事，来杭州之前，我去了趟上海……露露抬起婆娑的泪眼，对啊，你以前说过，你有个铁哥们在上海，我们将来可以去上海发展的！

艾生的眼前，立即出现了老K那张惨绝人寰的脸……他闭上眼，摇摇头，半晌说，露露，你爱我吗？露露说，爱！爱死了！艾生说，那你愿意和我共度下半生，而不是别人？露露更紧地依偎着艾生，愿意，我愿意和生哥过完下半生！艾生说，你和周江离婚五年了，又没有孩子！这些年你受苦了！一个人在一个城市等另一个人，是什么滋味我知道，以前我不在你身边，一切都不算。现在不一样了，我和方怡已经解除了婚姻关系，我是准备和你重新组合一个家的。

艾生放开露露，帮她擦擦泪，整理好头发，为了我们的将来，我做过许多打算，但是……一切没那么简单。我想好了，我还是干我的老本行，虽然调动很难，我还是想尽量努力，万一不行，我还去教书，教书我用不着求人。这些年，方怡看不起我那点钱，所以我也有一点小积蓄，我对生活要求不高，有个住处，有个自己心爱的人，就足够了，这一切我们都可以办到的。所以我不喜欢你做销售，我们俩安安静静教书、生活，将来即便再要个孩子，也不会缺多少钱！

露露咬着嘴唇，好一会儿，她说，生哥，听你的，我尽快将手头的事处理，暑假后，我就回去教书。艾生一把将露露拉进怀里，顾不上餐厅里是不是有许多人，眼泪扑簌簌掉了露露满脸……

第二天一大早，露露早早起来，艾生在厨房做豆浆，稀奇地看着露露，咦，太阳打哪边出来的？露露赤脚跳过去，从后边抱住艾生。嘻嘻嘻……艾生笑道，是嘛！我说起这么早呢，原来小屁屁被烤煳了……露露说，老公，我刚才跟主管请了一个礼拜的假期。我想好了，什么都没有老公重要，我们要好好地厮守，我决定这几天我们先把杭州好好玩一玩，然后回来，去见我父母。然后你回去弄调动工作的事，然后，我们就准备结婚，你说好不好？

艾生手一颤，眼睛一热，丢下手里的豆浆杯，转过身，将露露搂在怀里，吻她乱蓬蓬的秀发。他盼这一天盼得太久了。

西湖首先要去的。艾生在景点租了两辆自行车，两个人去骑白堤。艾生快活地骑车飞奔，边骑边背诵白居易的《琵琶行》……别时茫茫江浸月。忽闻水上琵琶声，主人忘归客不发。

寻声暗问弹者谁？琵琶声停欲语迟。移船相近邀相见，添酒回灯重开宴。千呼万唤始出来，犹抱琵琶半遮面……露露接口道，犹抱琵琶半遮面，转轴拨弦三两声，未成曲调先有情。弦弦掩抑声声思，似诉平生不得志。低眉信手续续弹……露露一边大声朗诵，一边加快速度，超过艾生，一边又回头朝艾生喊道，不行不行，换个，不要琵琶女！艾生大声说，好，那《长恨歌》，汉皇重色思倾国，御宇多年求不得。杨家有女初长成，养在深闺人未识……露露喊道，不要不要，我来，现代诗，叶芝的，《经柳园而下》。

Down by the salley gardens, my love and I did meet;

She passed the salley gardens, with little snow-white feet.

She bid me take love easy, as the leaves grow on the tree;

But I, being young and foolish, with her would not agree.

不行不行，用中文……艾生喊道。好，露露大笑，经柳园而下，我曾遇上我的爱。她走过柳园，纤足雪白。她要我自然地去爱，就像树木吐出新芽；但我，年少愚笨，不曾听从。在河边的田野里，我曾和我的爱人驻足；在我倾靠的肩上，她放下雪白的手。她要我自然地生活，就像堤堰长出青草；但那时，我年少愚笨，如今泪湿衣衫……露露到底年轻，一边骑一边几乎大喊般朗诵，一点不见累，艾生却有点吃力的感觉。

上一座桥，露露跨着车，叉着腰，大声地喊艾生。艾生使劲蹬上桥头，假装慢吞吞的，又立即下桥飞奔，超过了露露。忽然，艾生感觉腰间一疼，持不住车把，啪嗒一声跌下来，四爪朝天。露露大笑起来，笑得扔下车子蹲在地上。艾生暗暗用手摸摸腰间，似乎又找不到痛点了，他怀疑刚才是不是错觉。露露已经跑过来拉他起来，一边笑得眼泪都出来了。艾生摸摸跌痛的屁股也大笑。

背包里露露的电话响起来。露露拿出来，看看艾生，走到远处去接电话。一会儿回来，有点犯难地和艾生说：老公，和你说件事，我们公司给我个名额，说今晚有个 party，有不少杭州上层的有钱人参加，参加这样的活动可以给我将来的业务增加很多机会……

艾生站着没说话，过会儿，他对露露说，不是说好了，将来回去教书吗？

……

露露推掉了 party。

从白堤回来，艾生虽然觉得累，还是去超市买了露露爱吃的对虾，犒劳露露，煮蒜泥大虾，然后剥好喂给露露，宝贝，来，我们吃大虾啰……露露笑了笑，安安静静吃虾。艾生知道露露心里很不高兴，但他心里很高兴——露露终于对未来的家有了实质性的行动。

第二天，露露似乎忘记了昨天的不快，又兴致勃勃计划去哪里玩。艾生笑眯眯地说，我陪你去买衣服，好不好？露露小丫头一样跳起来，那去苋思厢馆，定身设计的品牌，独此一件，绝无雷同……

杭州商业街好多豪华的女士服饰店。艾生从来没进过女士服装店，晕晕乎乎跟着露露走。手里大包小包已经拎了一堆，露露却还在逛。

门外马路上有花车慢慢驶入，浩浩荡荡，一对新人一身婚纱礼服，站在花丛里，亲友跟了一大帮，摄影师忙忙跌跌各个角度摄影、拍照。露露定神地望着花车，忽然拽住艾生就往街上跑。那是一对刚结婚的孩子，二十来岁，笑容灿烂得跟清晨的阳光一样。女孩子雪白雪白，瘦瘦高高，穿上婚纱，像个公主，特别招怜。艾生想，安安将来穿上婚纱，也会是这样的漂亮。你知道这是谁家吗？露露一边看，一边说，这是杭州最大房地产商的儿子，那个女孩，是一家银行行长的女儿，你看，这婚礼多气派，轰动整个杭州……露露一脸的艳羡。艾生用胳膊拐一拐露露，傻了？我们马上的婚礼可没这么隆重哦，哪个叫你找我这么个穷酸——又穷又酸呵呵……露露一噘嘴，就是！还好吃醋！忽然又高兴起来，生哥，我们去拍婚纱照？艾生愣愣的还没回过神，已经被露露拉着往车那跑去。

New Ready 婚纱楼里的设计师化妆师都是年轻人。艾生一身全白色的礼服，脸上和肩膀上的那点岁月，完全被化妆和服饰的款式给完全地隐没了。没想到现在的年轻人的眼光如此深透。艾生在镜子里看自己，至少要年轻十岁。而露露，换上礼服的露露，不经意看，居然和安安的年纪相仿了！艾生傻傻地盯着露露看，心里真是很美，这么多年，第一次穿上婚礼服，那种感觉，特别好。当年和方怡，都穿了唐装，还是方怡和他一起去北京买的，那时候，其实大部分人结婚，穿着好看时新便好，并没有规定穿什么服饰。诚然艾生知道，不少年轻人丢弃了本国的传统婚礼模式，沿用舶来西方的婚礼样板。但他依旧觉着挺美。

方怡的电话不合时宜地打过来，问艾生在哪里。艾生问她有什么事，方怡半天才说，你……能不能那个……借我点钱？艾生惊讶了，借钱？你……要多少？越多越好！艾生迷茫了，你……你怎么想起跟我借钱？方怡一阵沉默，然后说，是……那……还是算了吧！

方怡挂了电话，艾生一头雾水，不知道方怡唱的哪一出。

晚上，露露依在艾生的怀里，笑眯眯地看摄影师发来的婚纱电子照片。一会儿心血来潮地说，老公，我们去韩国好不好？听说那里现在商家正在甩货……艾生正沉浸在方怡今天那个电话里，听露露说去韩国，赶紧说，宝贝，韩国太远了，我们去附近一些地方……昨天方怡打电话来，说借钱，不知道什么意思。我得回去一趟，问明白了……露露从艾生怀里跳起来，不准！她怎么问你借钱？你不是说她们家就一个不差钱的土豪家族？你们都签字离婚了，干吗叽叽歪歪打电话找你！不准回去！艾生连忙把露露拉过来，你先别急……但是露露却显得非常生气，一个劲地吵。

艾生看着不依不饶的露露，说，那以后安安有什么事，我可能也是必须要回去的，我是安安父亲……

露露生气地背过脸去，一会儿又气鼓鼓地转过身子，你在和我讨价还价！艾生愣住了，不是，我只是……打个比方……露露说，好吧！那明天，我们先回家去见爸爸妈妈再回家，他们跟我说过多少回了！艾生说，那，好吧！

第二天早上，露露早早起来收拾好自己，吃过早饭，就和艾生一起上街买东西。刚出门，艾生电话响了。露露伸手抢过电话，一看上面的名字"大哥"，又赶紧还给艾生。

艾生接通电话，喂喂，老三吗？喂……是大嫂，艾生赶紧说，是我，大嫂，有什么事吗？别急，慢慢说，我大哥呢？大嫂那头已经哭了，老三，三弟，你可要救救我们啊，呜呜呜……对方声音忽然没了，艾生吓了一跳，就听见大哥虚弱的声音传来，老、老三，我是大哥！大哥，你怎么了？没事吧？我，我没事！你你侄儿有事！老三啊，这孩子，这东西他不知道在上海做了什么，被抓起来了，昨天警察打电话来，让家里人带罚金过去，说，说，说他，他拉皮条，触犯……触犯了刑法，这不是真的吧？这可怎么办……

艾生眼前迅速出现那天在上海打家骏的一幕，他有些后悔那时候没强行把家骏拧回家。

露露拎着包，张着嘴巴看着艾生，听艾生说"我去"，赶紧拉着他，你去哪儿啊？艾生挂了电话，抱歉地看着露露说，对不起！我们今天去不了爸妈那里了，我必须去上海一趟，我侄儿在那里……打工，出了点事，我必须马上去处理！出什么事啊？露露急了，你大哥自己不去啊？！艾生说，大哥身体不好，在医院！

……

艾生急匆匆地来不及安慰非常不高兴的露露，踏上了上海高铁……

但第二天下午，艾生已经赶回杭州。

出了车站，艾生觉得浑身不得劲，想叫露露去车站接他，想了想，还是挤公交回去。

公交车上有个妇女，中途发现钱包没有了，大喊有贼，坚决要求司机把车直接开到公安局。结果搞到傍晚，车上没有查到她的钱包。后来她女儿打电话来，说，妈，你钱包怎么掉在家里了。大家气得一通骂。等艾生回到翠苑小区，天已经擦黑。

车在楼下，但露露不在家。两天不回家，家里又乱糟糟的，床单皱巴巴的，一堆换下的衣服，鞋子也到处乱放。艾生摇头笑了，这个小东西，什么时候才能长大。他把家里收拾了一下。看看时间，已经快九点。他想打个电话给露露，想想算了，也许她正忙着。他就歪在沙发上，给大哥打个电话，然后愣愣地躺着，想心事。

这次去上海，艾生没有去打搅哥们，特别是老K。艾生上次离开上海不久，老K便将他打过去的十万块退了回来。艾生打电话过去，老K似乎已经很平静，让他放心。这让艾生在疑惑里感到一丝欣慰，老K就是不一样！这次，他其实很想去看看K哥，他真不放心他，但又怕老K触景伤情，便从他公司路过，远远地看一看。三楼上没什么动静；门卫的老头像第一次来一样，懒洋洋地歪在床上看电视，懒得动弹。艾生去找那个编辑，编辑很热情，帮艾生找了个朋友，好歹花钱通融，将家骏从拘留所里提出来。艾生只来得及狠狠给家骏一个响亮的耳光，心里记挂着露露，就赶紧回杭州了。

迷迷糊糊的，艾生一边想一边慢慢地睡着了。

一觉醒来，已经十二点。露露还没有回家。到底去哪里了，这么晚？艾生想。他关了灯，站在阳台上抽烟。一直到将近一点钟，一辆黑色轿车开进小区。露露从车上下来，两个男的和一个女子也从车上下来。几个人分明是喝了酒的，拉拉扯扯又说又笑。露露和其他人道别，准备往楼道来，一个男的跑上前抱住她，在她的脸上乱啃一气。露露半推半就，不停地笑着，最终将那人推开，跑开了。

艾生打开灯，露露吓得惊叫一声。定睛看是艾生，惊魂未定地说，你，你回来了？艾生说，嗯！露露说，我，我参加同学聚会的。一起在杭州的几个老同学……艾生说，哦，就是那个抱你的？露露说，我……他喝多了……艾生在床上躺下，算了，睡觉吧！我累了！

......

　　第二天，一直到中午，艾生也没有起床。大哥打电话来，艾生也没接。

　　露露破天荒第一次起来做早饭，并且端到艾生的床头。可是无论她怎么说，艾生就是说他不饿，不想吃。

　　中午，露露又做了午饭，做了艾生爱吃的狮子头。艾生还是说不饿。露露好哄歹哄，不见效，她一把将手里的托盘掼在地上，怎么回事你这人？这日子以后怎么继续？

　　一阵长时间的沉默，时钟的嘀嗒声像蹚过岁月的河流一样漫长……

　　艾生起身，慢慢穿衣服，去卫生间漱洗，然后将露露掼下的碗碟残局都仔细收拾了一遍，又上客厅的阳台，把阳台上的衣服收下来，一件一件叠好，将自己的都放进小箱子里。然后拎着箱子往外走。坐在沙发里的露露惊慌地站起来，你干什么去？艾生说，有些事需要办。露露跳过去从后面抱住艾生，办什么事？我不准你走……

　　艾生沉默半晌，摸着露露的手说，你忘记了？方怡不知道为什么要借钱，我回去问问清楚……不！我不准你回去！露露大哭，我知道你生我的气！我和班长真的没有关系！我承认以前我不太认真，在生意场上混，那也是没有办法的，可是我心里真的只有你！自从你告诉我你和方怡准备签字离婚，我就发誓，一心一意和你过日子的，可是你老怀疑我，你不相信我，我辞职，我马上就回去教书，我们一起好好过，好不好？我再也不想一个人每天孤孤单单地待在这个笼子里了，你不准离开，不准离开我……

艾生放下箱子，托起露露的小脸，用袖子帮她擦泪，傻孩子，我怎么会离开你！好了不哭了！等了这么多年，我们就为了等这个幸福的日子！我们都是婚姻的失败者，都知道不管是爱情还是婚姻，需要永远地努力经营。我们都不想也不能再重蹈覆辙了，没时间了……露露哭着，使劲点头。

这一次是争吵，让露露和艾生之间，似乎有了不易觉察的嫌隙。整个下午，两人都找不到之前的感觉。

夜里，艾生睡不着，他起身拿了一包烟去洗手间，坐在马桶盖上抽烟。抽了三支烟后，他回到卧室，坐在床边发呆。露露睡得像个小猪。艾生坐了好大一会儿。

后来艾生就着床头昏暗的灯光，看露露。露露睡相很好看，像个孩子，眼窝里，还干结着泪痕……

艾生心一软，轻轻地在她额头亲了一下。

第二天一觉醒来，天已经近中午。艾生起来做了点早餐，吃完了，露露依旧呆呆地坐在沙发上。艾生走过去说，那我再等两天回去，回去是要回去一趟的，不仅方怡的事，我的假期也快到了，再不回去，以后调动求人也难张口啊！露露点点头。艾生伸手，将露露的胳肢窝猛地一挠，露露怕痒，大笑起来。

艾生说，我们去爬山？露露终于破涕为笑。

吴山脚下。露露一身运动短装，在车上不停地抹防晒霜。艾生笑道，抹得像个泥鳅了，山道的石阶上没有太阳！露露说，没有也要抹，紫外线，知道吗？你们男人晓得什么？紫外线无处不在，就算躲在房间里，白天也要抹防晒霜的！艾生笑道，那把别里科夫的套子借来给你装在里面！讨厌！露露挤了一把防晒霜，一把抹在艾生的脸上，看着艾生雪白的大花脸，笑得弯下腰。

太阳过午，艾生和露露在山腰上的店家买了些吃的，一路爬一路歇息，露露终于累了。艾生吃饱了点心喝足了水，打起马步，说：

来，老公背你！一定要到达山顶，登高望远在吴山！

露露趴在艾生的背上，有气无力的。艾生背着露露，一路往上，一边还跟露露说笑。忽然，露露感觉自己一下子滑了下来。重重地跌在台阶上。她赶紧伸手拉住了旁边的一把树枝，艾生却已经跌到了几个台阶下的一个小平台。

露露惊叫着一路跳过去，艾生手使劲捂住腰间的右腹部，疼得满头的汗！露露大喊，怎么了？来人啊……噗！艾生张口吐出一口甜腥的液体。

露露一屁股坐在了地上，她盯着艾生面前通红的鲜血，吓呆了……

三天后，艾生回到翠苑小区。医生说，肝部有阴影，但不确定为什么吐血，让艾生尽快再空腹去做一下肝功能和胃镜，确诊一下。

乘露露外出，艾生起身，将房间里里外外好好收拾了一下，又把自己的东西收拾一下，去菜场买了点菜，回到厨房做了个午饭，等露露回来吃。

露露一直到过了中午饭的点，才回家。艾生亲亲露露的额头说，饿了吧？吃饭吧，我做了你爱吃的大虾。露露很累的样子，说，你吃吧，我吃过了，单位有些事，陪一个客商吃饭……艾生说，哦！那陪我吃一口！露露说，我吃过了！艾生说，那喝一口汤？露露说，好吧。

……

艾生看着毫无心思喝汤的露露说，露露，我得回了。露露老半天抬起头，已满眼泪光。艾生说，很多事要解决……以后你要记得吃早饭，房间常打扫，女孩子家，不要太懒惰哦，要一日三餐有规律哦，在外陪人吃饭不要喝酒，晚上回家不要太晚，开车要注意安全……

露露哇的一声痛哭起来，跑进房间……

客　都

似乎是上个世纪，外婆将常年戴在头顶的扎染头巾往天空一抛，就是一个古老的镇子。

是哪里？艾生在心里问自己。长长的水道，缠绕着长巷，绵绵延延，薄薄的雾气在水面上游离飘荡；一座小桥，躬身静立，像一个婢女；一种古老的宁静，似乎听得见遥远时代里，母亲黎明做饭用水瓢舀水缸里的水，发出的轰隆声。

木楼高高的深巷里，天色乌青，艾生双手插在衣袋里，慢慢在深巷里走着，阁楼上，一扇窗子打开了，一个娘子在暖洋洋的灯光里，用一只挑杆伸出来，在高檐上挂出刚洗的白衫……艾生忽然看见父亲去世时候，满屋的白幡……大嫂在吵架，大嫂说：看不出来啊你们朱家死人还唱大戏，不出来的是角儿，出来的也是角儿，大伙你们见过没？我们家两兄弟，老爹死了，一个媳妇托忙不回家奔丧，一个来俩媳妇，你们大伙见过没……

月季埋头低哭……大哥走过来，朝大嫂双膝一软，说，我给你跪下了……

艾生愤怒地离开。

三儿？有人在身后喊他，三儿！艾生转身，K哥？K哥，你怎么在这？你还好吗？老K一笑，三儿，我坐牢了！艾生抬头一看，老K身后两个目光严厉的警察，老K的手臂上，一副雪亮刺眼的手铐。老K说，我只有跳楼了，三儿，我失败了，那么大一个坑，只能跳进去完事了。我走了三儿！艾生跌跌撞撞追过去，K哥别走，K哥……老K白色T恤上忽然一片殷红，老K像一只大鸟从高处展翅飘远，笑着说，三儿，会当凌绝顶，一览众山小啊……艾生惊呆了，往老K奔跑，四周一片荒凉的寂静与黑暗……爸爸——爸爸——爸爸救我——！安安的声音忽然在空旷的四野回荡。安安——你在哪里？安安——爸爸在这里——你在哪里啊——艾生拼命地奔跑，到处寻找安安，却只听见声音，看不见人。方怡忽然出现在面前，她忽然跪下了，艾生，你借我点钱，好吗？借点钱给我吧！我实在没办法了？哥哥被双规了，你借点钱给我吧，看在我们夫妻一场上，借点吧……别别，你起来！艾生连忙把她搀起来，我正要问你出什么事呢！我怎么会不借，我正要回去问你的……不！方怡一把推开艾生，你不会借，你不要这个家了！你和那个狐狸精好了很多年了，你不要我和安安了……方怡忽然愤怒起来，转身便跑，从一个悬崖上纵身跳了下去……

方怡——

艾生大叫一声，醒来。车上的售票大姐站在他身边，兄弟，做噩梦了吧？客都到了，下车吧！

艾生这才发现，车上的人几乎都下了车。他朝售票大姐抱歉地笑笑，裹了裹衣领，拎起小箱子下车。

从衡阳路拐进跑马巷的小区，艾生觉得，自己仿佛走了几个世纪，脸色煞白，浑身湿透了。他路过楼下的车位，没看到方怡的车。他上楼，开门，进门，一晃，倒在了地上。

迷迷糊糊的，像有好多人奔过来，却一个也看不清……

泅　渡

灰黑（一）

灰黑从秋风里站起来。她的腹部高高隆起，她即将第四次成为母亲。然而，她在这个世上，已经活了整整十年，十年对于她来说，已是人生的晚秋。今天的清晨，灰黑觉到，自己即将临盆。几次做母亲，产前阵痛的经验，她烂熟于心。然而这一次，她有些心慌。她知道自己和人类高龄产妇一样，身体机能因岁月的流逝而衰老，因衰老而使妊娠险恶重重。因此，在很早之前，她便比往年更隐蔽地选好了孩子们的出生地。

天色将暮，灰黑忍着腹痛，朝着通向城区的那条宽阔的沥青马路上走。她要等一个人，是一个十岁的孩子，她叫小新。从夏天开始，每天暮色将合，小新会乘三十六路车来这个大院，等她爸爸带她回家。这可真是缘分，小新和灰黑竟是同样的年纪。灰黑抬头，秋风里跌落的黄叶忽然撞到了她的思绪，她有些伤感，又满怀期待——她和小新，同样是十年的生命，一个即将步入晚年，一个却才将懵懂的眼睛开；但她毕竟再一次做母亲了，她那么老了，却遇见了那条德牧，他是多么强悍和帅气，他打破了她的计划。从上一次做母亲之后，她原本已经打算在孤独里终了一生的。

　　她打算要好好地做一次母亲，这也许是这一生最后一次了。

　　三十六路车还没有来。灰黑一边等，一边回头看身后的大院。这是她的家，十年来，她一直住在这里。她是唯一一个从这所大院建成后，就一直留守这里的生命。十年来，这里已经第五次易主——今年春天，刚刚改成一家电工线缆公司，专门生产各种规格的铜丝。但招来的工人和从前没有分别，都穿着厚重的工作服，满身油污，汗水和泥灰混杂，每天清晨和黄昏，他们从这条通向城里的马路上来和离开。

　　灰黑往远处张望，今天的公交车，似乎比平时晚点了许多，她的腹痛已不堪忍受。但她必须等。她从前从没想过，在自己即将临盆之前，会让谁知道她在什么地方。但今天，她无疑会坚持这个打算，等到小新回来。因为这个女孩，每天晚上回到这个大院，第一件事就是大声呼喊灰黑的名字，无论如何，她都会先找到灰黑。这真是一个黏人的孩子。灰黑想，如果小新回来，她不在，那么小新尖细的声音，一定会惊动看门的德恩。德恩六十多岁了，但这老头一定会风雨无阻，拿着手电筒，再惊动这个院子里喜欢凑热闹的胖胖的老厨娘。直到帮小新找到灰黑。与其更多人打搅她，还不如早点让小新陪着。孩子们和她，都极度需要安静。

其实这个院子，一点也不适合生孩子，偌大的车间里，机器轰鸣，从白天到夜晚，清晨到黄昏，除非停电或者调换主人，从来不会停歇。别想有片刻安宁。但灰黑不愿也不敢出这个院子，这里是她的家，虽然她早已被主人所抛弃，并且院外，也没有可去的地方，这片偌大的工业区，到处都是这样的院子，都轰鸣不止，毫无安全；而那些生僻的荒坡冷野，就更不可取了，孩子们出生在野外，会遭到那些无所事事同族流浪男人们随意攻击和杀戮的。

大院最南边，有一条河流。对岸是一大片荒野。岸边，有一堆堆破烂的木料，是前一任木材公司的老板主人留下的。这几堆木料弯弯转转之间，有一个比较大的容身间隙。灰黑认定了这里，这是她的孩子们来人间的最好的隐蔽之所。

小新（一）

车间散射出来的灯光，穿过木材的缝隙，落在灰黑笨重的身体上。小新蹲在木堆的间隙里，借着微弱的灯光，看见灰黑闭着眼睛，偶尔睁开，神情无比痛楚。她的腹部在剧烈地涌动，像困着一条奋力突围的蛇。小新明白了，灰黑带她来这里，是要生孩子了。夏天，爸爸刚来这家公司上班，她第一次见到灰黑，德恩爷爷就告诉她，灰黑要过了。过，就是要生了。为什么狗生孩子不叫生，叫过，小新问过德恩，还问过胖厨娘，他们都说，畜生哪能叫生孩子，叫过崽，生出来的也不能叫孩子，叫崽。其实对于生孩子，小新知道，妈妈还和小新一起生活的时候，一次散步的路上遇见一个挺着大肚子的阿姨，走着走着忽然蹲下，说肚子疼，要生了，大家七手八脚帮忙送她去医院的时候，小新看见那个阿姨宽大的裙子后面，红红的鲜血氤氲了一大片……妈妈说，生孩子要流血，无比痛苦，每个女人都要生孩子，哪怕是一条狗。那之后，很长时间，小新会半夜醒来，摸摸自己的肚子，是不是隆起，会不会生孩子，那真是个折磨人的问题。

秋风阵阵，远处有隆隆的机器声与雪亮的灯光，这一切，使河边的夜色愈加沉寂、冰凉。灰黑的头开始烦躁地左右摆动，身子却一点也动不了。逼仄的烂木堆，充斥着腐朽的霉气与令人忧伤的孤单。小新眼泪哗哗流下来，她知道，灰黑只有剧痛头才会左右摇摆，她在挣扎。"灰黑！灰黑！你很疼吗？"小新一张苍白的小脸，挂满泪珠。一双细长的小手不停地捋灰黑的腹部，朝着灰黑屁股的方向。她并不清楚灰黑的孩子从哪里出来，她凭自己感觉，生孩子可能像拉屎一样，从肛门拉出来。

灰黑的身下忽然流出黑乎乎的东西。小新伸手沾了点，用指头捻了捻，很黏稠。"天啊，血……"灯光的幽暗无法给予小新辨认颜色的条件，但她有过六岁那年车祸的经验——那晚，那辆车从她左腿上生生碾过去，小新紧抱自己的左腿，双手沾满湿漉漉的液体，就是这样黏稠。"灰黑，你会死吗？你不要死，你不要死，不要离开我……"刚见到灰黑那天，德恩曾叮嘱："不要靠近它，这条狗走过几家主人了，它不近生人。"然而灰黑的眼神那么平和、温暖，小新不知不觉便蹲下去，试探性地摸灰黑的头。后来，她便离不开灰黑了。她按灰黑毛色的特征，给灰黑起了一个叫"灰黑"的名字。五个多月了，小新和灰黑相识相依五个多月，几乎每一个夜晚，都是灰黑在陪伴她，灰黑的身体宽阔柔软，抱着她，小新觉得无比安全与温暖。灰黑看起来越来越痛苦，小新无法抑制地哭出来。她眼前忽然出现一张面孔：同桌的，那张恶作剧的脸！以前，同桌的男孩喜欢恶搞小动作，追着她喊瘸子，或者将一只死老鼠放到她的课桌抽屉里，这些，她都忍了，但今天，那个浑蛋竟然在自习课上忽然冲到讲台上，大声说小新的妈妈是小三。小新震惊羞愤之余大怒，拿起文具盒上前对同桌的脑袋就是一顿乱揍。那个杂种一点骨气也没有，大哭起来报告老师。老师不管三七二十一，先让小新罚站了两节课，很厌烦地说一句小新不太懂的话——要想影子正，先得身不歪！然后还打电话给爸爸。对，老师不喜欢她这样的中等生，不但不喜欢还很讨厌，可是以前，妈妈刚离开的那两年，她还属于优等生的，很可能，因为她是个瘸子，老师才讨厌她，更可能是妈妈从来不去学校，而同桌的妈妈去过很多次，每次和老师说说笑笑从学校大门口出去，所以虽然同桌的成绩一塌糊涂，老师一点也不讨厌他。可是老师不知道，妈妈都不要她了，怎么会来她的学校呢？是的，连妈妈也在内，妈妈也根本不喜欢小新，要不然，她怎么会丢下她和爸爸，给别人做小三？她不知道为什么妈妈和别人结婚就是小三，但她知道，这是很坏很坏的。妈妈宁愿去做很坏的小三，也不要她，也不要爸爸，因为妈妈嫌她是个瘸子，嫌弃爸爸穷，骂他穷鬼！包括乡下的爷爷奶奶，他们也不喜欢小新，他们虽然没说什么，但一看到小新，就会皱眉叹息，说："怎么好哦！"小新越哭越想哭，一边着急地帮灰黑捋肚子，一边用肩胛擦流也流不够的眼泪。所有人都不喜欢她，除了爸爸和灰黑。灰黑爱她，从不嫌弃她，每天放学回来，都在马路边等她，陪她，一直到爸爸下班，带她回家。灰黑和爸爸一样，是她最亲的人，她不能没有灰黑。

"小新——小新——洪小新——"夜色里忽然传来了洪福焦急的呼唤。爸爸下小夜班了，要带小新回家了。小新着急地看着灰黑，灰黑毫无声息，她闭着眼睛。她的腹痛看起来不再像开始那样激烈了。

洪福（一）

夜，深至黎明不远处。北街的大排档却在这时候，纷纷打烊。

洪福拎着剩下的半瓶啤酒，晃晃悠悠往回走。每一个繁忙到没有闲暇看一眼窗外阳光的白天流逝后，他都想着，快点将女儿送进梦乡。然后睡意全无地，不是去长安巷的春风炉找朱香妹做那事，就是拎着酒瓶，像今天这样，喝到北街排档打烊时分，歪歪扭扭被老板劝出来。

　　北街，是这个城市最杂乱的地带，无数低矮的平房和突兀搭建而成的建筑，像积木一样拼凑在一起。白天，这里做活禽蔬菜交易市场，夜晚，搭建无数统一格式的油布简易房，做排档，热情服务这个城市庞大的像洪福这样低廉又最肯频频光顾的贫宾烂客。只有锅里的东西，是不判贫富的，排档里烹炒煎炸熏焖炖，香气冲天，不比南街那些门金纸醉的高档酒店里逊色。起码洪福的口袋这么认为。

　　那片陪伴夜客的灯火一盏盏熄灭后，北街的夜变得十分的混沌，像洪福愈渐浑浊的心。但这里的夜，并不宁静。虽然夜色混沌，只要稍微留意些，可以看见朦胧的夜行者，来来去去影子一样四处飘荡。而且，北街这一片泔水气浓郁的地段，养着格外多的乞丐老爷们。他们常常在大路或者桥边随便哪里睡上一大觉，恰好夜色深到混沌的时候醒来，起身抢被同伴偷过去盖在身上当被子的烂报纸、破塑料膜。或者，还因此在深夜的秋风里打上一架，也就是你来我往，互相稀里糊涂踢腿伸拳几个回合，然后继续倒地，紧裹"被子"蜷缩起来，再次呼呼睡去。

　　秋风凉了。

洪福坐在冷桥的桥栏上。远远地可以看到通向长安巷的方向。秋风里的人，是如此本能地向往温暖。而他现在的温暖去处，只有春风炉啊。春风炉是好去处，那里有朱香妹。这样如狼似虎的年龄，谁能离得开女人？朱香妹能给他一双香白粉嫩的乳房，她那双神奇的大腿可以消除他一整天的疲乏，可以将一切迫到眼前的烦恼与困难瞬间像抛铅球一般，抛开很远。只要他口袋略有丰腴，只要他还有力气，他首先会去找她。这个世上的婊子，原来也比那个和自己同床共枕说要彼此一生一世的女人强百倍。

但今天洪福还是去不了。他有日子没去了。自从夏天跳槽来到这家线缆厂，他觉得太累，更因为老板压了两个月的工资，导致这个秋季的房租有了缺口。想起房租，他便想起小新。谁他娘的知道会有今天？知道了还要生出这么一个可爱却可怜的孩子？真是可怜哪！因为母亲要去和人约会，将孩子丢在家里，一个人跑出去发生车祸成了一个终身的瘸子，这样的贱命，真是不该来到世上。

而他自己的命呢，更贱。他上什么破大学，然后来到这个城市里安居？他混了这么多年，不但在这里没混到房子没混稳工作，反而将原来青梅竹马长大的老婆给混丢了，只剩下一个可怜的残废孩子。他现在很想回到乡下，父母的身边去，去种地。他本来就该是个乡下人。可是真他妈的邪门，他现在连乡下也回不去了，他没有乡下户口，他的户口早在考上大学那会儿欢天喜地转进了城里。他是个城里人了，哪个村子有他的土地？更何况这几年，即使一百年生长在乡下泥土中的农民，也随着时代变化变成了城里人。老爹兴奋地打电话说，明年，他们村也在拆迁范围内，能在城里分套安置房啦，到时候，他和小新就不用租房子了。老爹还高兴，他苦笑了，他已经吓出一身冷汗，这个每天人口不断膨胀的城市里，将加入的是些什么人？都是白发苍苍的老爹老妈们啊。

夜色开启了点微白的缝隙，三十几岁的洪福已经喝完了手里的半瓶啤酒。百无聊赖间，又开始想春风炉了。他很生自己的气，一伸手，将空酒瓶当作自己扔了出去。"砰"，瓶子破碎的溅裂声，将他心脏猛然一震，焦虑与那点蠢蠢的欲望不知怎的就化为一阵扫荡的秋风，眼角一凉，几滴眼泪已经非常迅速地满出来。洪福跳下桥杆，就地蜷缩着躺下了。小新刚走路的时候，他有一种平凡的信仰——他是个有一份稳定工作的人，虽然没什么钱，他和他的家会在这个不大不小的城市里安安稳稳地老去。他不会颠沛流离，他不会在城市暗影里有半点停留。二〇〇〇年大学毕业出来的洪福，在一家服装公司做设计师，从事这项他不喜欢也不反感的职业，认认真真，安安静静，很快成为鲁桑服艺公司的大剪刀。然而，只短短七八年的时间，一切翻天覆地。鲁桑倒闭了，这个城市大的企业接二连三倒闭，他昏头昏脑，一家一家换工作，一天一天变得一文不值，后来，连自己的行业也无法待下去了，他只能转行，转到各种各样简单技术或者单纯卖苦力的行业，只要工资相对高一些，他都去竞争。

不远处忽然坐起一个小影子，是个孩子。想必是刚才瓶子碎裂声惊醒的一个梦里的小乞丐。纤弱的小影子茫然四顾片刻，又翻身躺下去。

多么像他的小新。

一切，都因为没有钱。如果有钱，妻子不会和他离婚，小新的腿也不会因此残废，而他，也不可能落到今天的地步——毫无尊严与操守，潦倒又如此堕落，他可真像条被遗忘的死狗，躺在这冰冷的冷桥上。

桥上的水泥地很凉。洪福抹抹眼睛，将一双苦涩的眼皮强行拉上，不让再有液体的东西流出来。

李环（一）

一阵暴躁的车鸣声此起彼伏地响起，宣告北街冷桥上已堵死了。

李环打开车门下来，无望地张望。今天，她要去医院检查一下，这个孕科特别好的中医院，无论如何要从北街这座没人待见的冷桥上路过。正像她担心的那样，这个破烂的北街，像一件爬满虱子的破棉袍，每一次从这里路过，冷桥几乎都在堵车。

李环摸摸肚子，她感觉肚子特别不舒服。其实不是肚子本身不舒服，是因为昨夜她起来上厕所，居然发现下身有些见红。按理，孕期到了第四个月，已经过了容易流产的日子，一直以来医生的诊断和她的感觉都一致——很好，胎儿很健康。她推推郑建树,在他耳边告诉他,但郑建树只翻个身,又睡着了。她知道,郑建树不在乎这个孩子,只有她自己在乎。她也并不是在乎这个孩子,她在乎的是郑建树和他的口袋。做女儿的时候,母亲就说,女人是树,孩子是根,一棵树不生根,长得再结实也是要倒掉的。但是她一场不长不短的婚姻,已经颠覆了这种理论。她觉得,父亲是树,儿子是根。至于女人,就如这秋风里的叶子,无论如何,既做不了树,也生不出根,唯一可以的,就是利用儿子这条根里一点父亲的血脉,汲取一些树的给养,哪一天真的要落了,挡也挡不住,落去吧。

冷桥上围了一圈人,人们交头接耳大声议论。似乎地上躺着一个什么人,大家围着看因此阻碍了车道。李环等得无聊,她绕过车辆,靠近人群,问出了什么事。"一个醉汉,喝多了。"真是!李环气闷,真是极品无聊,一个醉汉也能将一座桥弄得堵车。所以这个烂北街,才会有这么多穷鬼。

身着深蓝警服警帽的警察,一胖一瘦摇摇摆摆吹着哨子气呼呼赶来:"散了散了,有什么好看?真是,散了散了……"

人们陆续散了。瘦子撇撇嘴弯下腰,从地上躺着的人身上翻出手机,开始翻看号码。李环冷着脸转身往回走。所有北街的人、道路、设施与杂物都令她觉得气闷嫌恶。她朝着一个方向飞快地看一眼,一到冷桥,旧日的气息就扑面而来,她原本还算平静的心便会再一次起伏不定,让她心烦意乱。她上车发动引擎,手握方向盘,前面的车开始松散了,她随时准备一脚踏下油门,绝不在这个地方多耽搁一秒钟。手机响了,李环拿过手机，忽然怔怔地盯着手机。手机显示陌生人号码，李环的脸色苍白起来。洪福！他又打电话来做什么？她放下手机。但手机铃声不停地响，透露一种誓不罢休的固执。李环深吸一口气，准备好用哪种口气，然后用力按下接听键。

"喂，喂，你好，你是这个号码主人的妻子吗？喂喂……"

一个陌生的声音，每个字都重复两次在她耳边响起。李环抬头看向远处，慢慢将耳畔的手机放下。

李环下了车，再次朝着胖瘦两个警察的方向走去。不错，那个地上躺着的浑身泥灰、不省人事的男子，正是洪福。他嘴角和眼角接触的水泥地一片潮湿、泥泞，敞着夹克，蜷缩着，背后的衣服撸起一大片，露出腰部瘦削的脊骨。将近半年没见，洪福的脸又瘦又黑，胡子，已经能当牙刷使了。他躺在那里，不知道是熟睡还是生病，应该是病了，他那么内敛，睡觉那么警醒的一个人，怎么会在如此嘈杂的车鸣与鼎沸的人声中睡得如此安然。然而，小新呢？

李环忽然心中裂痛。她扑上去，要问一问这个死狗般的男人，他把女儿弄哪去了。但她又止住，飞快捂了一把胸口，对瘦子说，她可以载醉汉去医院。正好顺路。胖瘦两位警察看看李环，又看看洪福的手机，似乎想再一次拨打电话，然而，他们发现眼前这位富家少奶奶，不仅明艳动人，原来还如此乐于助人，让人莫名感动。他们便赶紧打定主意，将地下的男子合伙抬起来，塞进女子红色的宝马里。

灰黑（二）

度过那个生死边缘的深夜，灰黑三个酷似父亲德牧的孩子，开始一天天长大了。灰黑安详地做着喜悦的母亲，她仔细打量宝宝们，他们的耳朵虽没有完全展开，但可以看得出未来的尖耸，像父亲；毛色灰黄、灰黑，像父亲也像母亲，特别是那只最小的弟弟，浑身的毛有些卷曲，是遗传了灰黑从自己母亲西狮犬那里继承来的特点。灰黑想，除了将自己的肚子填满，每天有充足的奶汁供给孩子们的小肚皮，她应该不用再操心什么了。

但是灰黑忽然开始担心了。她担心的源头，在于胖厨娘突然造访的小儿子身上。

这还得从这个院子开始说起。这个院子诞生后，最精确的人员统计表，在灰黑的记忆里。最初这是一家卫生巾公司，有四十个工人一个门卫一个厨娘，老板是灰黑最早主人的丈夫。据说他们都是从台湾过来的，灰黑是女主人来到这个城市后抱养的。那时候她叫尼亚，一个外国名字。从灰黑懂事起，女主人就带她居住在一套豪华的别墅里，隔几天开车带她来这个公司里，和男主人说说话，或者一起出去吃点什么。那时灰黑对于尘世的所有认知，便是她胖胖的女主人。后来女主人将她丢在这所院子里，不再带她去别墅，也很少来看她。再后来男主人和女主人离了婚，和一个年轻女人结了婚，女主人便将他们赶出这院子。打那开始，一切像变魔术一般，所有人与卫生巾公司一起消失了，连门卫也毫无踪影。这个院子，从没日没夜的轰鸣声中死灰般沉寂下去，空荡荡的除了一些无法变成钱的垃圾，就剩下灰黑。灰黑守在大门口主人给她留下的一张精致的小卧床上，极度地思念着主人，没日没夜地痛哭悲鸣。第二任主人，是门卫。来了五个人，将大门口的墙上换了个牌子：长兴化工有限公司。说是做化工产品，其实是做酒，假酒。没一年，老板被警车带走，另外四个人作鸟兽散。其中包括经常给她吃喝带她出门遛遛和她说说自己的快乐和痛苦的门卫。再后来又来了两任老板，都是做木材的，二三十个工人。第一个做亏了第二个接着做，都做到走投无路，被清算了事。而自从那个门卫主人消失后，灰黑其实就没有主人了。无论谁来，都是陌生人，来来回回，视灰黑如空气。直到线缆公司开业，小新来了。但对于这个腿脚不便的女孩，与其说是灰黑的主人，不如说是灰黑的孩子。她像灰黑第一任主人养在阳台上的一株米兰，被谁遗弃了在了荒野，这孩子从没有让灰黑有寻回主人的感觉，只像灰黑忽然多了一个孩子，毫无来由地为她生出许多恼人的担忧与挂念。

　　看上去，无论是纵向或横向，这个院子、小新与灰黑的孩子们，都似乎和灰黑所担心的那个源头无关。那个人只是来和厨娘要钱，吵得沸反盈天，厨娘将鞋子脱下来，咬牙切齿追着儿子打，又气喘如牛地坐在地上号啕大哭，说不知道哪辈子作孽，生出这么一个抢劫犯，一个月工资还没焐热，全都喂了狗。厨娘是新厨娘，工作不到三个月。厨娘吃住在单位，和外人不甚往来，除了常到德恩的传达室坐坐，跟比她大十岁的德恩讲几个荤段子，再就是在工人吃饭的时候，让几个年纪稍长的男子任意捏捏胸脯摸摸大腿。据她和德恩交谈，是独身，没有丈夫，不知道死了还是离了，大儿子一家在外地打工，一个小儿子，十七八岁，不上学不工作，在社会上混。然而，就是这个小儿子，当灰黑第一次看到厨娘的小儿子，她的目光与之陡然相撞的一瞬间，灰黑心头猛然一颤，这是一双多么邪戾的目光？短暂的相撞，灰黑瞬间看到了各种色调在这双眼睛里交替污染的结果，犹如无数种病毒交叉复合感染形成的伤口。灰黑惊心动魄，她相信自己的感觉，一个大半辈子在荣枯交错沧海桑田般世事里沉浮的生命，她除了具备生活哲学的思维，还具备了常人无法比拟的嗅觉。是的，那个胖厨娘的小儿子，令灰黑嗅到了一种非常危险的信号。

其实爱情对于灰黑来说，只是一次短短的菜花黄。灰黑已经厌倦所谓的爱情，爱情像一泡尿那样，容易蒸发，还会留下很难闻的臊臭味。然而今年偶然接近荒野的日子，正是油菜花飘香的时候。灰黑遇见那只体魄健硕的德牧，无法避免地产生了一场短暂而有效的爱情。灰黑现在有些后悔，特别是厨娘儿子第二次第三次来之后。她并不厌烦做母亲，是这个世界令人泄气，冷漠、变故、险恶，想一想她从前孩子们的结局吧，不是病死，就是无故消失，即使平安长大，最终也不免被人带走，生死未卜。

令灰黑不安的，还有小新。不知道从哪一天开始，小新不像从前那样准点在五点半左右从三十六路车下来了。有时候早一班，有时候很晚很晚。连德恩老头都发觉了，问小新："闺女，你今天下午这么早下学？"或跟厨娘说："奇怪，这孩子今天怎么这么迟还没回来？"厨娘没心没肺，嗑瓜子，或者沉浸在自己的情绪里，只说一句"谁晓得啊"。只有灰黑实实在在地忧心忡忡。她闻到小新的身体上有一股陌生的气味。她无法消弭这种担忧与不安，她无法说话，能说话也指望不了谁。小新的爸爸洪福看上去萎靡不振，那一次喝酒生病，耽搁了几天活儿，老板生气发狠，说要开了他。这个线缆公司，工人不足二十，进材料，生产，销售，搬运，都是同一批人，一个萝卜几个坑，少了谁就耽搁几摊事。洪福这么不负责任，老板气得就好似洪福吃了他多年空薪一样，对这个新来不久的工人一肚子官司。所以，一点别指望洪福这样的爸爸，连自己也搞不定的洪福，怎能有闲心对个子高高的漂亮女儿的变化产生警惕与防范之心。

小新（二）

南街紧靠着西街。小新来南街，丝毫没想起西街北侧的名苑。她在一家服装专卖店前逗留了很大一会儿，看进进出出的少男少女买衣服，逛来逛去，又跑到蘑菇房买了一支一块钱的花脸雪糕，吃完了，也没有看到贝克。是贝克约她，他说今天带她到南街一家刚开不久的最豪华的德克士快餐店吃汉堡，让小新在这家服装专卖店前等他。连森德堡这样的小快餐店，小新都不记得它们的味道了。前两年妈妈还偶尔带她去肯德基，现在基本都不了。是她不再肯和妈妈去，因为小新越来越觉得妈妈遥远了。现在妈妈在她的面前，比不上她读课本里"妈妈"这个词时那样温暖、亲切，仿佛书里的妈妈和真正的妈妈是两个人了。而且，她和妈妈之间有点生了，因为那一次，妈妈来看她的时候，她忽然仰起脸问妈妈，是不是嫌弃她是个瘸子，妈妈摇头，抱着她擦泪，她又问妈妈，那妈妈为什么去做小三，是不是因为爸爸没钱。妈妈当时的脸一下子通红，给了她一巴掌。虽然后来，妈妈给她道歉了好多次，但这件事，还是让她和妈妈之间生分了。其实她很舍不得妈妈，她想，同桌追着她喊妈妈是小三，她还那么羞愤，恨不能躲起来，假如有人当着妈妈面喊妈妈小三，那她多么痛苦啊！从那以后，小新不再和妈妈去吃肯德基什么的了，妈妈的钱都是那个男人给她的，她很喜欢吃肯德基，但不想吃用那个人的钱买来的肯德基。而且，肯德基里许多孩子，都是自己爸爸妈妈一起带着，他们撒娇，他们很快活的样子让她感到极度自卑。她根本不怪妈妈，更不是因为妈妈打她的一巴掌，她只是在等，爸爸说了，都是因为他没钱，妈妈才会离开他们。如果爸爸有钱了，妈妈就会回来了，还会带小新去做腿部矫正手术，然后，她就可以像那些撒娇快乐的孩子一样了。

然而，现在贝克说带小新吃德克士。德克士啊！多少同学揣着肯德基汉堡鸡腿，必胜客薯条基围虾，就是没有德克士。天知道，小新听到这三个字有多么的馋。那些土豪同学们带着香死人的好吃东西来到教室里，就是想刺痛如小新这样的二等公民的。是的，在班里，大家都极其自然自觉地将自己放进适合自己的等级里，富家子弟、优等生是一等公民，穷鬼、差生属于二等公民。以前，小新属于中间部分，她是穷鬼家的优等生，后来，当她注意到这个问题的时候，已经成为二等公民很久了。"爸爸会有钱的！"小新常常在心里对自己说，等那个时候，妈妈回来了，她的腿也可以去做矫正手术了，她便会又回到一等公民了。而且，认识贝克后，小新更加觉得，这也没什么了不起。贝克这么酷的男生也不在乎什么一等二等，并且他已经买过几次肯德基给她，当然，有时候，那可能是贝克吃剩下的。但那又有什么关系？他现在请小新吃德克士呢！班里即使一等公民，可能也有许多没尝过德德克士，因为这是这个城市新开的店，很大，很贵哦。小新很激动，她下午第二节课下，就和老师请假，说肚子疼，跑了出来。

但现在都快到放学的时间了，贝克还没来。

小新有些失望。时间还早，她不想这么早回爸爸的单位，当然更不想独自回家。认识贝克后，小新跟爸爸说，她现在放学，偶尔可以自己单独先回家，这样也省却爸爸一点麻烦。爸爸很愿意，他只夸小新长大了懂事了，不像小时候那样黏人怎么也不肯一个人待在家里。没有问别的。然而谁说小新敢一个人待在家里？如果贝克不约她，那她一定要去爸爸那里的，和灰黑一起待在德恩的传达室。

一出学校，小新喜欢将马尾辫乱糟糟地盘成一个高高的发髻，像妈妈那样。她还喜欢双手插进兜里，屁股一扭一扭，学着酷妹的样子走路。贝克说，不需要花钱去做腿部矫正手术，有种走法就可以矫正体型，使她的瘸腿看不出来。这让小新好高兴啊，她追着贝克问，怎么走。贝克指着街上穿着暴露扭屁股走路的酷妹说，就这样。小新便认真地学起来。但是，小新还是感觉，自己那条似乎永远无法恢复的瘸腿正一点不配合地出卖着她的自卑。她只有加大一扭一扭的幅度，将那条好腿跨出去的节奏尽量往瘸腿上靠，好让人觉得，她不是瘸，是走路的一种个性姿势。从认识贝克开始，小新越发厌恶自己这条瘸腿，怕给贝克丢人，也怕他瞧不起自己。不过贝克似乎并不在意她是不是瘸子。这个贝克，其实就是厨娘的儿子，剃着一头贝克汉姆般怪异的头，还焗成了红色。那天他去找厨娘碰见小新。后来他跟小新说喜欢贝克汉姆，让小新叫他贝克。起初，小新很害怕这个人，满脸青春痘，眼神吓人，她总是避开他走路、等车。但后来有一次放晚学，同桌和其他几个男生在小新等公交的时候，居然从边上起哄，唱歌似的喊"洪小新——瘸子——洪小新——小三——"，音调拉得长长的，让小新恨不能脚下生出一个地洞，一头栽进柏油马路底层。然后贝克不知从哪里走过来，将同桌的耳朵拎起来，几个耳刮子，打得那个杂种杀猪似的叫，很解气。小新从此对这个穿着和发型都超级怪异的贝克有了好感。

　　小新准备坐车回爸爸的单位。但她一抬头，发现自己已到了西街。小新怔怔地愣了一会儿。穿过西街花湖公园，是一片别墅群。其中一幢别墅里，有妈妈。小新转身往回走。走了几步，又站住，再次往西街的方向。她明亮的眸子往公园那边递过去，眼眶里，已汪满了打转的泪水。小新走进一家小超市，给妈妈打了个电话。电话通了，但是小新却不说话。她只在电话这头流泪。她发现自己是个爱流泪的孩子，只要一开头，似乎她眼睛里就有一双装满眼泪的泪壶倒下了，所有眼泪都顺着她的眼眶往外漫，怎么流也流不完。她三个月没见妈妈了。刚上一年级的时候，妈妈就抛弃了她。那时候她三天两头去找妈妈，或者跟爸爸哭，要他把妈妈找回家。后来，妈妈说，不能老去找她，妈妈现在有了新丈夫，那个人不喜欢小新常常找妈妈。小新便慢慢没了指望，很少再主动去找妈妈了。

超市的店家在数钞票，歪过头奇怪地看着小新："咦，小丫头，怎么哭了？"小新赶紧擦擦眼泪，挂掉了电话，付了钱就准备出门。一抬脚撞到了什么。"灰黑？"小新睁大眼睛，蹲下身，"灰黑，你怎么来了？灰黑，你不要陪宝宝吗？灰黑，这么远，你怎么……"小新又惊又喜，抱着灰黑的头又亲又搂，将脸贴在灰黑的脑袋上，悄悄擦净依旧不能抑制的眼泪。

花湖公园里，有一处孤岛似的凉亭，在花湖中央。小新带着灰黑，在凉亭的木椅上坐了大约半个小时。很久以前，每次她想妈妈的时候，就坐在这里等。花湖里有许多小船，很多爸爸妈妈带他们的孩子在湖心划小船。还有一种水上漂浮的透明泡泡船，小孩子一个人在鼓起的大泡泡里，随着自己的动作将泡泡船在水面上任意翻滚，太好玩了。然而这种泡泡船，爸爸肯定不会带她去坐的。爸爸没钱，爸爸要给她交学费，交伙食费，还要给乡下的爷爷奶奶买好吃的，还要租房子，还要攒钱买房子。而且爸爸，总是不停地换工作。总之现在还没有钱给小新玩这些。

来了一对男女。女的说："有人啊！"男的说："没事，小孩和一条狗。"便拉着女子在不远处的一个椅子上坐下，抱着女子亲嘴、抚摸。小新忽然面红耳赤，对于男女之间的事，她似乎模模糊糊明白点什么，也不十分清楚。但这对男女毫无忌惮的亲热，让她觉得心里怦怦直跳。她起身，唤了灰黑，逃跑一样，奔出了凉亭。

天落暮了。小新和灰黑一路闲逛，又来到了那家服装专卖店门口。她还下意识伸颈远眺了一下，还惦记着贝克为什么不来。

"小新——"红色宝马在路边停下，妈妈下车奔过来，"小新，妈妈不是让你在花湖的凉亭等？你怎么跑这里来了，叫我好找……"小新不说话，她借着通明的街灯，看着妈妈的车，妈妈好看的脸，好看的衣服，忽然低下头。妈妈真的好美，好有钱，怪不得她不要爸爸和她，哪有这么漂亮的妈妈要一个瘸子做女儿。

灰黑走到李环身边，闻了闻她的裙子。李环赶紧一收衣服："这狗？小新？你养的？怎么这么脏？"小新低头看灰黑："……是，这是我的狗……妈妈，我走了。""等下！"妈妈拉住小新，"妈给你买了件毛衣，落秋了，天冷了，多穿点，呀，你的头发怎么扎成这样？"

旁边另一家女装店出来个摩登女子，浓妆艳抹。小新看见女子忽然冲她们走过来："郑太太？哟，这么巧，郑太太逛街啊？"又看看小新，"咦，你女儿啊？"妈妈转头似乎一愣，和那个女子打了招呼，然后支支吾吾跟女子说："是……是我表姐家的女儿……"

小新看妈妈，又低下头，扭着自己的衣角。半晌，唤一声灰黑，转身往公交站台处走去。她听见妈妈在身后的呼唤，没有回头，她已经再一次满脸泪痕了。

洪福（二）

车间主任将洪福拉到僻静处，给了洪福一笔钱。洪福数了数，竟然有三千块。"这是？"洪福紧张起来，他现在一个月不足四千，除去这个月病假几天，差不多正好三千，难道老板炒了他？那么不是还有压着的两个月的工资吗？车间主任笑了，他喷出一口软中华特有的香烟雾气："紧张什么？你这么肯干，老板怎么舍得炒你鱿鱼？放心，这是我给你的份例，和老板无关，记得保密。"

份例？洪福一头雾水，他做了什么呢？给他份例还保密？如果不是等钱用，不是因为周边的企业更多地在倒闭，他洪福早就走了，这里是一个将人体当成机器一样运转的黑店式公司，每天他像车轴一样飞速转动，无休无止做那些累死人的活儿。明明他做的也是技术活，老板却一点一点给他加体力活，送货，搬运，入库，一点少不了给他出汗的机会。当然，大家都很忙，包括五十多岁的车间主任，也里里外外忙得够呛。但老姜有老辣，车间主任手下几个拉丝的工人都是他的死党，老板一走，他的活计瞬间被分掉了。

"什么份例呢？我……"洪福讷讷地将钞票要还给车间主任，他似乎从来没去帮车间主任分过活儿。但那老男人咬了咬烟蒂，拍拍他的肩膀："拿着。三十多岁的男人，娃都这么大了，也该醒醒气了，不能老是埋头走死道。"便走开了。

不管怎么说，这真是一笔救急的钱。上一次意外住院花了好几百，都是李环交的。洪福对这件事耿耿于怀，但是他一时半会儿还真的腾不出钱来还给李环。这真是令他无比羞愤。无论多么困难，他只愿不跟这个女人再有任何瓜葛，他恨她。然而自己却病倒在冷桥上，并且所有懦弱、无能、潦倒、穷迫都被李环那双充满嘲笑与鄙视的眼看得一清二楚。就像当初，李环离开时候说的："你要是能发财，这个世上的乞丐就绝种了。"

而现在，生活开始有转机了？

偶尔，车间主任和他的死党们，会接下洪福的活儿，让他难得下个早班。洪福便赶紧打电话给李环，还钱。但怎么打，李环也不接。洪福愤怒之余，想想，还是将房租先交上，这个缺口填起来，他的心情也会愉快许多。很久不带小新上街吃点什么了，带她去吃点什么吧，或者，再给孩子买件好看的衣服，再给父母买点礼物……但这钱毕竟来得蹊跷啊！洪福半喜半忧，心底叹息，随他去吧，傻婆下棋，走一步看一步吧。

东街曙光小学门口，洪福等到学生都走光了，也没看到小新。他打了个电话到公司，问门卫德恩，是不是看到小新去了。德恩说没看到。洪福纳闷地在东街上逛着，这孩子难道回家了？洪福裹了裹那件破边的夹克，往回走。路过北街的森德堡，走进去，买了只汉堡打包拎着。

门锁着。小新不在家。洪福感觉自己有些累，便和衣躺在租房的破沙发上，等小新。

一觉醒来，天早已经黑透，小新还没有回来。洪福心中一慌，赶紧出门。但刚到街面，便看见远处一个孩子，举着双臂在路灯下歪歪扭扭越走越近。

小新背着书包，手里拿着一只没啃完的鸡腿，边走边吃边哼小曲，看样子心情很不错。洪福发现，小新身上穿的，似乎是一件新买的毛衣。"去见你妈了？"洪福问小新。小新沉浸在自己的快乐里，猛然抬头看见洪福，吓了一跳，紧张地将鸡腿藏到了身后。洪福白了她一眼，拽拽她的毛衣："以后和妈妈出去要告诉爸爸！你妈给你买新衣服了？"小新怯怯地点点头。"你妈……还好吧？"小新愣了愣，又使劲点点头。半晌，忽然想起什么似的，兴奋地对洪福说："爸，你看，我的腿有没有好点？你看，我这样走这样走……"

李环（二）

郑建树一礼拜没回家。李环坐在客厅的沙发里，她掏出手机，再一次给郑建树打电话，一定要跟郑建树谈谈。

终于接了电话，郑建树答应晚上回家。

李环斜倚在沙发的拐角里，抚摸自己每一天变化的腹部。再一次怀孕之后，李环发现，自己忽然开始喜欢回忆了。腹中有了一个蠢蠢欲动的小孩儿，做母亲的，便不知不觉专喜欢想象他的样子，和他说话。而其实，她不这样又能干什么？除了打麻将、逛街购物和无休无止地等郑建树回家。她现在至少有了寄托。但愿，肚子里怀的是个男孩。即使不能为她从郑建树那里生出一条根，至少将来，小新有个弟弟，也有个依靠。就算是个女儿吧，也好。毕竟是郑建树的骨血，他抛不了。就像洪福和小新。李环下意识一惊，每一次思绪的开头最终都会集中到这里，她现在无论做什么想什么，都会不知不觉想到从前，和洪福与小新在一起的日子。

时间不早了。李环打开客厅的空调。郑建树不在家的时候，她基本不开这个功率巨大的客厅空调，她骨子里，还是个节俭的女人。尽管郑建树每个月都给她零花钱，也允诺会将这座豪华的别墅送给她，但她依旧有无尽的危机感。进了这别墅，她才知道，她就是个小三，郑建树有老婆有家，只不过一点都不给她透露罢了。李环走向浴室，将浴室的水放好，水温控制在四十三度左右。郑建树喜欢这样的温度。然后，她去打开床头那盏淡桃色的落地灯，放了一曲轻音乐，使整个房间里充满一种温馨暧昧的氛围。当初郑建树追求她的时候，最喜欢的就是那盏淡桃色的灯和这支梦幻萨克斯曲《温度》。每次亲热，他都要先营造成这样的氛围。

做完这一切，郑建树还没有回来。李环重新在沙发上躺下。

　　怀小新的时候，她才二十二岁。那时候也这样，天天和肚子说话。小新很乖，在肚子里，就没有其他人说的，踢腿那么凶。她不声不响，很少能感觉到她在动。生下来之后，果然很乖巧，不哭不闹，像只睡不醒的小猫，还不挑食，李环满月后身子弱，没什么奶水，街上的奶粉贵得买不起，小新就吃米汤，小小的人儿，连眼睛还没有完全睁开，米汤也能美美地吃个饱。真是好哄好养。李环擦擦眼睛，那时候和洪福在一起还很幸福。洪福大她四岁，会疼人，会宠爱她，其实洪福从小的时候，就很疼她宠她。他们两家是邻居。后来洪福考上本科，洪福学的是设计专业，本来可以留在大城市就业，对于设计专业来说，城市越大越繁华，机会才越多。但洪福为了只考个大专文秘专业的自己，回到了这个城市。洪福其实很努力，到这个城市最大的鲁桑服装厂工作没两年，便成为鲁桑的大剪刀。然后，洪福又将毕业后无业的她弄到鲁桑做工作轻松的文员。那时候他们手里，每个月还不断地增加存款，洪福和她散步的时候，会指着在建的商品住宅楼笑着问李环："喜欢哪一套？老公给你买……"或者说："这些套房太吵了，等老公挣到大钱，给你买别墅，复式结构，三百多平方米的那种……"

　　李环苦笑，她现在，确实住进别墅了，复合式结构，三百多平方米。可是，她不再是洪福的妻子。一切恍如隔世，他们究竟从什么时候开始无休无止地争吵和冷战的呢？她到底什么时候开始每天质问洪福什么时候能有钱的呢？

对，从小新出事之后。

郑建树很晚才回到别墅。他喝了很多酒。

"洗澡吧，看你一身的汗！""不用。""那，累了吧，我帮你捏捏背！""不用。""你是困了吗？进卧室休息吧！""嗯。"

郑建树仿佛这些天来一直没有合眼，一进来仰在沙发上就闭着眼睛。李环扶他进了房间。郑建树一头仰在床上，一会儿，又起身，将李环放的轻音乐关掉，再次躺下。李环看郑建树，上前帮郑建树脱衣服，又去浴室拿来湿毛巾，帮郑建树擦脸擦手擦脚。在李环帮他换内裤的时候，郑建树却挡住李环的手。

李环讪讪地缩手，又伸手帮郑建树盖上薄被。在做着这一切的时候，李环的大脑一直高速运转，想找个机会，跟郑建树说说那天送洪福去医院的事。她还想告诉他，那天他们在酒店吃饭洪福打电话，可能是洪福要还她钱。她知道，在这幢别墅里，在郑建树这种男人身边，丝毫没有她保留秘密的权利。但是，到底为哪件事呢？洪福或者小新？那天她和小新在女装店门口碰到的女人是隔壁的女主人，那是个饶舌的肤浅女人。她见到任何一幢别墅里的男人都会忙着搭讪大献殷勤，仿佛所有有钱的男人都是她挑选备胎的领域。她见到郑建树，将这件事说出来了？

李环去浴室洗澡。她想等洗完澡，将身上洒一些法国香水，再来和郑建树说。这种香水，有种奇特的功效，可以缓和情绪，提神醒欲。

然而，当李环将一个香软迷人的自己收拾出来准备送给郑建树的时候，卧室里的男人鼾声四起，早已沉沉潜入梦乡。

灰黑（三）

灰黑双眼里，似就要流出滚烫的熔岩来。她寻遍了整个大院，都没有寻到孩子们的踪影。她开始屏息冥神，运用她超敏锐的嗅觉不停地四处嗅。出了院子，来到马路边，浓烈的气味一点点清晰一点点延伸，一直接近城区附近。在一个荒废的公司大院里，那儿是一堆篝火的灰烬。灰烬旁很多砖头石块，到处是塑料袋、没吃完的简餐盒、骨头、零食，还有调味品，一些铁钎与木棍散落在四周。在一根漆黑的铁钎上，穿着一些没吃完的肉。灰黑睁着滚烫的眼睛，继续四处嗅着。在一个院子一个拐角，有一把生锈的菜刀，沾满血污，地上到处都是撕开的皮毛、发臭的内脏……灰黑疯了般冲上去。这一路的寻找终于在这里结束了，她的孩子们，她几乎搭上性命换来的三个宝贝，都被人杀掉了，并且用铁钎穿起来烤着吃了。那地上的肉和骨头，原来都是她的宝贝们……

"嗷——嗷——嗷——"雕塑一样惊呆的灰黑，猛然冲出院外，仰天长啸，那声音凄惨绝伦，像一只绝望的母狼。

厨娘的小儿子又零星来过两三回，不外乎和厨娘争吵、要钱。灰黑的目光像两把利刃，森森地割视那张充满邪恶的脸，令对方对视的眼神胆怯、躲闪。现在，阳光普照着每一天的线缆公司大院时，在灰黑的眼里，这院子变得从没有过的狰狞和阴森。德恩每天按部就班地开门关门，厨娘每天里里外外忙碌或者打情骂俏，工人们杂乱的脚步，机器的轰鸣，包括那个哑巴一样只知道埋头干活的洪福，都似乎在隐藏着一种信号，暗示着某种巨大的危险。她惶惶不安，她已经十岁了，过完这个冬天，她就将进入她一生真正的冬天了。在这漫长的大半生里，她看透荣枯浮沉，有过无数次丧子之痛的经历，却从没有过像这一次让她癫狂，颠覆了她毕生所有认知与经验。她从没想到，在历经生离死别之后的晚年，她会变得像一头失去孩子的母狼一样，极度胆怯又极度疯狂。

但灰黑的母爱开了闸，便像暴发的山洪，覆水难收。现在，灰黑不用每天再待在这大院了。她如此执着守候半生的家，原来是荒谬虚幻的一粒尘埃，她游荡的脚下，秋风褴褛的城市，即便整个尘世，又有哪一处能算她的家？她现在，每天只有两件事可做，一是守护小新，这是她的爱，最后的信念，最微弱的信仰，虽然满目苍凉，但心底依旧有灭不尽的渴望，她比任何时候都害怕失去与被伤害；再一个就是那个罪恶的载体。她一定要找到那个罪恶的源头，一定。

小新每天中午在学校的食堂吃饭。从早上到傍晚这段时间，灰黑见不到小新，当然，每天早上八九点钟的时间，穿过一些乱七八糟的建筑，在学校的操场上，会偶尔看到小新蹒跚的身影。但灰黑很少去，在灰黑看来，小新在这个偌大的笼子里，比任何时候都显得木讷忧伤，没有灵气。她不忍心看。她只守在学校的门口，等小新放学，跟小新一起回大院，或者远远看着，看她安全上了三十六路车。平时的日子，灰黑到处游荡，她出没各种各样她可以涉足的休闲娱乐场所与街道餐厅。有一天在一家饭店的门口，灰黑看见一只关押乳狗的笼子，那笼子里，蹒跚蠕动着很多不足月的小狗，有的连眼睛还没有睁开。灰黑默默离开了，她知道，这些小东西，都是人类餐桌上价格昂贵的高档菜。灰黑还不断地去查看那个杀害她宝贝们的荒废企业，还有这个城市周边类似这种荒僻之地的空房废墟，那都是些容易滋生罪恶的温床，在那些地方，更容易嗅到她需要的线索。

一个黄昏，小新出了校门，没有去公交站台，而是向着南街而去。在德克士快餐店的门口停下脚步，左右踟蹰半晌，推门进去。灰黑透过玻璃窗，猛然看到那张充满邪恶的脸，那张脸上，从未有过的兴奋，所有青春痘都像小鬼似的在跳跃，看上去，整个人像个光吃激素长大的怪物。另外还有两个男生，与厨娘儿子的年龄与装束都差不多。小新慢慢靠上前，有些胆怯，坐下去之后一直低头。厨娘儿子将一份食物推到小新面前，咧开嘴和小新说着什么，小新就慢慢地吃着。灰黑的头轰然一炸，她不知道哪来的力气，冲着推拉门使劲一顶，身体已经进了门。灰黑一个箭步冲那个怪物面前，对着他就狂吠起来。

厨娘儿子跳起来，然后往后躲闪着，大喊服务生："喂喂，尼玛，人呢，人呢，哪来的野狗，尼玛怎么咬人啊，尼玛，我操……"

客人们纷纷惊得起身，但他们很快发现，这条灰黑毛色的狗，只盯着那个满脸青春痘面相非常不善的小贝头咬。大家又纷纷坐下，看热闹。几个服务生一同奔过来，他们手里拿了扫帚、盘子、筷子，准备和灰黑恶斗。这条狗怎么进来的？他们都慌里慌张地一边赶灰黑，一边留意老板是不是来了。小新起先有些愣愣的，一眼瞅见灰黑，放下手里的东西，俯身抱着灰黑的头："啊，灰黑？灰黑，你怎么来了？你怎么了？他不是坏人，是贝克，我朋友啊，灰黑……"任是小新如何地安抚阻止灰黑，灰黑仍不屈不挠，冲着那个怪物使劲地吼叫。厨娘的儿子不得不从桌子间绕出来，冲上街道，骂骂咧咧边走边躲。小新更是急得满头大汗，使劲地拉灰黑脖颈的毛："灰黑，你再咬不喜欢你了，灰黑，你干吗呀，灰黑，不准咬了，灰黑……"那两个男生，已经在街边找到了木棒，举起来照着灰黑的头就劈下去，小新惊呼一声，扑上去抱着灰黑滚到一边。男生们扑个空，再次准备上前。小新喊道："你们别打她，是我的狗，灰黑，灰黑，不准咬了，再叫真的不理你了，灰黑……"小新急得伸手照着灰黑的嘴巴就是一下，"再咬看人家打你……"然后用两只手死死掐住灰黑的嘴巴。

厨娘的儿子远远站着，阴鸷的眼神远远看着小新与灰黑，两个男生就让小新走，说他们要先带小新去看电影。

四周有驻足观看的人，小新又羞又急，不断地训斥灰黑。灰黑的嘴巴被小新勒得有些窒息，她痛苦地停止了挣扎，死死盯着远处厨娘儿子。小新试着松了松手，发现灰黑不再咬了，便放开了手。但她还是很生灰黑的气，瞪了灰黑一眼说："你回家去吧，我要看电影去了！"转身就跟男生走。灰黑心底一急，冲上去，咬住小新的袖子。"做什么？你疯了吗灰黑，放开，放开啊……"小新左右甩着胳膊，灰黑就是不放松。男生和厨娘的儿子这时露出幸灾乐祸的表情，很有兴致地看着。"好，给你！"小新三两下迅速地解开毛衣脱了下来，"你太讨厌了灰黑，我不喜欢你了！"扭头就跟着男生们走。灰黑愣住了，她嘴里还咬住小新毛衣的一点袖子，这是件新毛衣，是小新的妈妈给她新买的，现在像一堆废纸，被小新丢弃在她脚下。灰黑看着小新因为生气越发歪歪扭扭的背影，怔怔发呆。忽然，灰黑一口叼起毛衣，像一支灰箭般蹿出去，瞬间不见了。

小新（三）

电影院人不太多。贝克们看上去并不想进去看电影。他们只是带着小新，在电影院门外晃悠了几圈，买一包爆米花、一袋薯片、一瓶牛奶加咖啡，给小新吃。然后三个男生叽叽咕咕说话，拿出香烟抽。过会儿，又带小新往另一个地方走。渐渐地到了城区边缘，灰黑所带来的烦恼，小新早已忘记了。在路上，男生们又带她进一家布饰店，让她随意挑一只大布娃娃。小新选来选去，她看中那个灰黑毛色的狗娃娃。那娃娃像灰黑。路灯下，小新高兴地将狗娃娃抱在怀里，一只手还拎一塑料袋好吃的，漂亮的小脸蛋粉嘟嘟的，眼睛晶亮晶亮，长这么大，她从来没有一下子收到这么多礼物和零食啊！多么高兴，像过节一样！但是，那个矫正体形的广场舞老师在哪里呢？贝克说，今天要带她去见一个跳广场舞的老师，他帮小新矫正体形。"广场舞老师在哪里啊？"小新快活地问。"那边啊！"贝克手往城外一指，"马上就到了。"小新顺着手指看去，远处是城外大片的农田和厂房。小新回头看看身后越来越远的街道，犹豫着说："天晚了，我要回家了，要不明天去好吗？我爸今天休假，他看不到我会不会着急？""怎么会，你爸跟朋友出去玩了！"一个男生说。"是啊，他哪里还顾得上你？你不要矫正腿形了吗？那你妈妈还是嫌弃你是个瘸子，不肯回来哦……"另一个附和。小新看看他们，又看看手里的东西："可是，我的腿……老师……会不会嫌弃我……""当然不会，那种舞专门矫正体形，对于你这种的最好了……"

秋风又刮起来，天上的星星开始亮了，远处，月亮也皎洁如妈妈的眼睛。小新开始牙齿打战，好冷啊！她想起灰黑，她的毛衣丢给灰黑了。要是灰黑在……但街灯都已经很远很远了。灰黑不知道去了哪里，小新开始想念灰黑。他们说的广场到底在哪里，怎么到现在也不到呢？灰黑，灰黑……小新心里默默地喊着灰黑的名字。又走了很长时间，小新发现，手里的零食袋不知什么时候已经丢了，她紧紧抱着布狗狗，这样就好像抱着灰黑一样，使她觉得暖和一点。她现在，心里像躲着一只小兔子，蹦蹦地跳。但她不敢说话，那两个男生一左一右拉着她走。她的胳膊都被拉疼了。更让小新紧张的是，不知道是谁的手，老是在她的腰和屁股上抓。她屏住呼吸跌跌撞撞往前走，身子簌簌发抖。

"到了。"男生们松开小新，围成圈看着小新。贝克转过身来的时候，月光下那张布满青春痘的脸上，有一种小新从没见到过的骇人的笑。小新强忍着，不让牙齿咯咯打战，她茫然四顾："哪里……有广场舞……老师？"贝克满脸的笑一下子喷出来："哈哈哈，马上就开始教你跳……"猛然将笑容一收，朝两个男生一甩头。两个抱臂男生放开胳膊，慢慢走近来。

"你们想干什么？"小新本能地喊起来。然而这群人一句话也不回答，只是嘿嘿地笑。一个男生忽然上前拽下小新的书包，扔到了一边，控制了小新两条胳膊，另一个男生蹲下，抓住小新的两条腿，两人已合伙将小新就地铺下。

"干吗啊你们，啊，贝克，他们在干吗啊……啊……"

簇新的布狗狗滚到了地上。一声刺耳的撕裂声，小新的衬衫已经被撕开，魔鬼一样的贝克狰狞着脸越来越近，他早已经解开自己的裤子，一手将小新的裤子一把捋下来……

天空悲泣，忽然响起一声恐怖的雷鸣。星光还在，皎月依然，仲秋的天空没有丝毫雨迹，却忽然狂风怒起，雷声大作，与小新凄惨的叫声交错，如一幅人间地狱的背景。

忽然，一声长啸的狼"嗷"，一条黑影如箭般从黑暗中冲过来。挡在小新头部的男生惨叫着倒地，抱头翻滚。贝克就地一个驴打滚，滚到了一边，躲过了灰黑迎面奋力一击。灰黑丝毫没有停留，猛然扑向按住小新双腿的男生，一口咬下去。

"灰黑？灰黑……"

神魂离体的小新翻身坐起来，她忽然看见那个裤子还褪在脚踝的魔鬼贝克，已经不知道在哪里寻到一块砖头，奔上前朝着灰黑的头用力砸下去。

"啊——不要，灰黑，灰黑——"

……

洪福（三）

万事有因。没多久，洪福便明白了车间主任给他的那个份额是什么。在一次给客户送货核对时，洪福发现，他在单位数好的八十九盘 1.78 与 2.45 规格的线盘少了两盘。洪福的头轰的一声蒙了，赶紧又去过数。这铜丝，一盘就是三百多公斤，行情最坏也要三万五六一吨，两盘近七百公斤的铜，两三万块不翼而飞，他怎么交代？但他数来数去，不错，确实是八十七盘。洪福吓得浑身汗透了，愣愣地，小声问同来的同事。同事惊讶地看他，说就是八十七盘，你是不是记错了。"怎么可能呢？"洪福掏出单位过秤时开的票，明明白白是八十九盘。"早上李会计开的票，你看！"同事不看票，看了他一眼，说你看错了。回到单位，洪福赶紧去找李会计核对票根，结果洪福的嘴巴和眼睛一样越睁越大，见鬼了，他手里带回来的送货时从李会计的收据上撕下来的票，居然出了一趟门回来，就是和票根不一样，人家就是八十七。李会计忙里偷闲，冲洪福笑了笑："昨晚是不是失眠没睡好啊，傻孩子！"

洪福愣愣地，动动嘴，又什么都没说出来。他慢慢走出财务科，他明白了。

再看见老板，洪福有些可怜老板，躲着走。但是车间主任给他份额，他已经躲不了。他不敢拒绝。若拒绝，这里混不成不说，说不定更可怕的事在后面。再说，他缺钱，每次份额，虽没第一次那么多，却叫洪福的手头宽绰了许多，使他甚至萌生了和李环重新来过的期待。何况，离开这里重新择业，先不谈新人待遇本身就低，像他这种境况的新人再想要挨过扣押工资的前两个月，多难。他陷入两难，成天惴惴不安。而这时候，线缆公司的订单忽然十分多起来，听说最近上海、苏锡常一带的房地产意外火爆，老板最大的客户龙驹公司的主要市场就是苏州和上海，龙驹从之前的十条流水线一下子增加到二十条。洪福发现，对于数量的猫腻，老板浑然不觉，每天沉浸在订单乱飞的忙碌与喜悦里。而车间主任他们，他们偷铜的手法原来无处不在，称铜与废铜丝也是他们的渠道。除此，他们还乘深夜，用一辆报废的小型双排座，到一些工地或者倒闭的公司偷各种各样的金属材料。洪福虽然还没亲身参与，但这些车间主任他们都有意无意地向他透露。

　　这天，洪福调休。清晨，洪福躺在床上，看到小新一大早不吃早饭不着急上学，却在镜子前比画搭配哪件衬衫好看。李环给她买的那件毛衣，已经像生根似的长在了身上。这孩子大了，越来越爱漂亮了。洪福心底忽然一凛，倘若事情败露，他会不会身陷囹圄？那小新怎么办？这个想法像电流一样，击得洪福跳起来。他赤脚跑到柜子前，七翻八翻，翻出一本同学录来。他记得几年前一次聚会上收到的同学录上，有个同学在深圳一家房地产做销售。当时夸口说，哪位同学想去深圳发展的，找他，包在他身上。

还真打通了。对方说，帮他看看，等电话。洪福的心底燃起了希望，大城市的机会总是比中小城市多得多。而且既然现在房地产又开始如此火爆，想必找份工作不会很难的。他要求不高，只要能容下他和小新。父母就他这么一个儿子，乘父母现在还不老迈，他得离乡背井攒点钱。而且，如果真抓住个什么机遇，他有钱了，再回到这个城市，也许，他从前的家真的就回来了。

但洪福又接到车间主任的电话，告诉他，晚上等他电话，今晚他们下班之后会通知洪福，到飞鸿企业旁边的废墟那集中。有一家烂尾企业建设，听说老板刚因为一些纠纷跑路了，那儿有一堆无人过问的生铁……车间主任比较委婉，他说大家都是农村来的，都讲义气，洪福参不参与随自己。但是要懂行规，大家都不容易，不是轻易才走这条路。洪福无力地放下电话，终于到了这一天。不走夜路，路在何方？一走夜路，就会越走越深，继续走，就会遇到鬼……

他又翻那个同学的号码，看着，他现在只能寄希望于他了。

洪福接到李环电话的时候，正摇摇摆摆骑着电瓶车去郊外。他喝了酒，正赶往车间主任说的那家烂尾企业。那里离城区有将近十里路。他浑身无力地骑着，昏头昏脑。下午深圳的同学回电话了，他说楼市很奇怪，并不是所有楼市都像上海、苏锡常那样火爆，深圳现在的楼市像生了疟疾，动不动就发抖，怎么也搞不出精气神。洪福没听明白，他说他并不打算去房地产，他只想有个稳点的工作。同学沉默了很久，说："菲比公司知道吧？康氏企业，知道吧？这个月数据刚刚公示了，这两家老牌上司公司，将在年底裁员十二万。十二万啊！"同学沉默了下去。洪福也在死寂的沉默里挂上了电话。

又是一个句号。看来，他只好走夜路去了。

看到手机上显示"老婆"两个字，洪福差点从电瓶车上摔下来。李环接他电话都很难得，更别说打电话给他了。他停下车，酝酿了好一会儿，才摁下接听键："你你……还好？""毛衣，洪福，毛衣啊，天，小新呢？洪福，你在哪里……"

李环一连串惊叫和零碎的话语从手机听筒里冲出来，将洪福击昏了。好容易他才搞清楚，李环在家门口，捡到了小新的毛衣。洪福呆了呆，忽然一个激灵，他下午就去北街游荡了，一直在大排档喝酒，居然把小新给忘了。

去路诡谲，来路漫长，秋风夜色里的洪福只来得及匆匆朝去路望一眼，便急转车头，往来路上疾驰而去。

李环（三）

清晨，秋风萧萧。李环头扎月子巾，从屋子里虚弱地走进院子。她流产刚满一个礼拜。医生一直说见红不是大问题，可是孩子却去得毫无征兆。

院子里满地花瓣，原来，前两天新开的海棠，竟然一夜之间全落了。李环扶着门框，望着满地的花瓣发呆。隔壁饶舌的女主人忽然跌跌撞撞跑来："郑……郑太太，"这个女人难得地花容失色，"你晓得不，十……十三栋的林太太跳、跳楼死了！"

"什么！"

名苑别墅群最高层的露台也不过四层，但林太太却摔得连五官和脑门都找不到了。她刻意一定要置自己于死地，在四层的露台上还放了两层凳子，生怕死不了，头和脸先着地。

一进门，李环虚脱地跌坐在地板上，好久好久，爬进沙发，抱着自己的身体慢慢蜷缩成一团，无声痛哭起来。那个林太太，其实还没到三十岁，一头长发，满脸稚气未退的单纯。听说她和包养她的先生很恩爱的，怎么会……

一整天，李环蜷在沙发里，不吃饭不打扮不出门，一整天，只不停流泪。

窗外的暮色渐渐漫过窗台，浸湿了客厅。其实并不是今天的事触动了她的神经，是从那天，小新不理睬李环的呼唤，转身离开那天开始，李环原本纠结的心，便更生一种隐痛，并一天天加重，加深。她每天在想着这件事，想着在从前的家发生的大大小小的事情，她曾以为，自己早已淡漠了对小新的愧疚，可现在她才知道，这件事像罪恶一样潜伏在她心底那些杂沓的往事里。只要她一回头，就看见了。她摸着肚子，现在腹中的宝贝已经不在了。她又作了一次孽，从前，她就作过孽了——因虚荣，参加同事推荐的化装舞会，致使睡熟的小新跑出门外，在大马路上永远地变成了瘸子。而那天，她却在小新的大难里认识了郑建树……

李环知道了，一切都因为那个化装舞会，不，因为她虚荣，不，根本是因为她爱钱，贪图富贵。不是因为小新出事后，花光了所有积蓄，她与洪福之间才越走越远，更不是因为鲁桑倒闭，洪福的境况每况愈下，而是因为，那晚，爱钱和贪图富贵的她遇见了有钱的郑建树。

李环开始痛哭，就好像她腹中丢失的宝宝就是当年的女儿小新。

那天之后，李环还发现，自己开始期待洪福的电话了。她从前，是那么害怕和厌恶他的电话。后来，洪福真的打来电话。他说要还她钱。她不说话。他便颠三倒四说了许多话，仿佛有什么事想告诉他，最终却忽然支支吾吾问她，要是他有钱了，她是不是能回到他身边……

李环双肩耸动，将头深深地埋进自己的臂弯。这个傻男人啊……

然而郑建树的话忽然冲破记忆的另一头，像凉水一样，漫过李环的身体。

"我有儿子，你不知道吧……你怎么想起来生孩子呢？……说实话吧李环，我对你有感情，我不是猎奇，猎奇的男人至少找个年轻的花苞，你不年轻了。你只是比较聪明，身上有股正派、高档女人的气质……

……我只是想让你明白一个事实，你始终摆脱不了一种想法，那就是孩子……我知道，你放不下你的小新，但如果你以为，在哪里孩子都可以成为一种筹码，那你错了，这个时代的变化，早已经摆脱了血脉的羁绊，你……"

"够了！"

李环忽然大声说。但她悲伤地发现，这屋子里除了她，空无一人。

这就是有钱人的日子？

一声重重撞击院门的声响。紧接着，听见院子外一阵奇怪的狗叫声，那声音里充满焦急与恐惧，如同天空将要塌下一块似的。

李环晃晃悠悠地开门出来，打开院灯。狗叫声却已经远去。忽然，李环睁大眼睛，往院门走去。

院门的不锈钢间隙里，塞着一件衣服。

她蹲下身子伸手取下，是一件小孩的毛衣。

"啊——！"李环惊骇得大叫一声，手中的毛衣掉在了地上……

尾　声

几天后，城市快报头版头条报道："一群未成年人在郊外破厂房里性侵一个十岁女童，一只澳牧与西狮犬混杂的杂交犬为救自己的主人，被歹徒砸碎脑袋，但那只灵犬临死之前，死死咬住主犯的脸，生生咬下了一小块肉，警方根据这块血肉与嫌疑人伤部特征，抓住了这群未成年人……"

一个月后。

小新坐在租房门口的小板凳上。过了这个礼拜，她想上学去了。爷爷打电话跟爸爸说，乡下的老房子提前开始丈量面积了，很快可以在这个城里分到房子了。小新心里替爸爸高兴，爸爸终于有钱了。只是自己……远处，有两只玩耍的小狗，懵懂而快乐。小新看着它们发呆。洪福走过来，抱小新进屋。屋里，李环躺在床上，有些消瘦，但神情很安详。她的身体还没完全恢复，等恢复了，她打算去企业找工作了，应聘文员，或者工人。围着围裙的洪福将小新抱到李环的身边，便忙着去盛锅里炖着的排骨汤。

小新呆呆地坐着，半晌，抬头看妈妈："妈，为什么狗狗生孩子叫过？"李环张了张嘴，笑了笑，又别过头，偷偷擦泪。"妈，为什么狗狗生的宝宝叫崽？当初你生我的时候，是不是叫过崽……"